KB064868

조선후기 통신사 필담창화집 번역총서 13

尾陽唱和錄 · 桑韓醫談

미양창화록 · 상한의담

조선후기 통신사 필담창화집 번역총서 13

尾陽唱和錄·桑韓醫談

미양창화록·상한의담

기태완·김형태 역주

보고사

이 역서는 2008년도 정부재원(교육과학기술부 학술연구조성사업비)으로 한국연구재단의 지원을 받아 연구되었음(KRF-2008-322-A00073)

이 번역총서는 2012년도 연세대학교 정책연구비(2012-1-0332) 지원을 받아 편집되었음.

차례

◇ 영인자료 [우철]

일러두기

1. 통신사 필담창화집 번역총서는 제1차 사행(1607)부터 제12차 사행(1811)까지, 시대순으로 편집하였다.
2. 각권은 번역문, 원문, 영인자료(우철)의 순서로 편집하였다.
3. 300페이지 내외의 분량을 한 권으로 편집하였으며, 분량이 적은 필담창화집은 두 권을 합해서 편집하고, 방대한 분량의 필담창화집은 권을 나누어 편집하였다.
4. 번역문에서 일본 인명과 지명은 한국 한자음 그대로 표기하고, 처음 나오는 부분의 각주에 일본어 발음을 표기하였다. 그러나 번역자의 견해에 따라 본문에서 일본어 발음대로 표기를 한 경우도 있다.
5. 번역문에서 책명은 『 』, 작품명은 「 」로 표기하였다.
6. 원문은 표점 입력하였는데, 번역자의 의견에 따라 표기하는 것을 원칙으로 하였지만, 가능하면 한국고전번역원에서 정한 지침을 권장하였다. 이 경우에는 인명, 지명, 국명 같은 고유명사에 밑줄을 그어 독자들이 읽기 쉽게 하였다.
7. 각권은 1차 번역자의 이름으로 출판되었는데, 최종연구성과물에 책임연구원과 공동연구원의 이름이 반드시 들어가야 한다는 한국연구재단의 원칙에 따라 최종 교열책임자의 이름으로 출판되는 책도 있다.
8. 제1차 통신사부터 제12차 통신사에 이르기까지 필담 창화의 특성이 달라지므로, 각 시기 필담 창화의 특성을 밝힌 논문을 대표적인 필담창화집 뒤에 편집하였다.

미양창화록
尾陽唱和錄

미양창화록

『미양창화록』은 1771년 사행 때의 창수록인데, 필사본 1책이다.

소장처는 명고옥시(名古屋市) 봉좌문고(蓬左文庫)이다.

저자는 의춘당(宜春堂) 대전동작(大田東作)인데, 간비장기(干肥長崎) 출신으로 미양(尾陽)의 의원(醫員)이다.

정덕(正德) 원년(1711) 10월 5일, 조선사행이 미주(尾州)의 기역(起驛)에 도착하여 하루를 묵고 떠났을 때와 동년 11월 그믐날, 사행이 귀로에 다시 미양(尾陽) 명해역(鳴海驛)에 묵었을 때 미양의 인사들이 조선 삼사 및 장서기들과 수창 및 필담을 나눈 것들이다.

이에 참여한 일본의 인물로는 천린두타(天麟頭陀)·도백천(濤百川)·예홍(倪弘)·입가양견(立家養見)·횡전종익(橫田宗益)·번야양원(幡野養源)·탄야야항(坦軒野恒)·대전동작(大田東作) 등이다. 이들 중 횡전종익(橫田宗益), 대전동작(大田東作)은 의원이다.

조선 삼사는 정사 조태억(趙泰億), 부사 임수간(任守幹), 종사 이언방(李邦彦)이고, 서기(書記)는 홍순연(洪舜衍)·엄한중(嚴漢重)·남성중(南聖重)이고, 양의(良醫) 기두문(奇斗文) 등이 수창에 참여했다.

내용은 주로 우호적인 시문을 수창한 것들이고, 일본 의원들이 기두문에게 의술을 질문한 내용이 많은데 그 구체적인 기록은 생략되어 있다.

조선 사신 일행을 수행한 일본인 통역자 우삼방주(雨森芳洲)와 미양의 일본 인사들이 주고받은 몇 편의 시가 수록되어 있다.

미양창화록

辛卯韓人來聘 名古屋市蓬左文庫所藏

정덕(正德) 원년 신묘(辛卯), 조선내빙(朝鮮來聘)

정사(正使): 통정대부(通政大夫)·이조참의(吏曹參議)·지제교(知制教) 조태억(趙泰億), 자는 대년(大年), 호는 겸재(謙齋), 또 다른 호는 평천(平泉).

부사(副使): 통훈대부(通訓大夫)·홍문관전한(弘文館典翰)·지제교겸경연시독(知制教兼經筵侍讀)·춘추관편수관(春秋館編修官) 임수간(任守幹), 자는 용예(用譽), 호는 정암(靖菴), 또 다른 호는 청평(青坪).

종사(從事): 통훈대부·홍문관교리(弘文館校理)·지제교(知制教)·행경연시독(行經筵侍讀)·춘추관기주(春秋館記注) 이언방(李邦彦), 자는 미백(美伯), 호는 남강(南岡).

상상관(上上官), 삼사문통사(三使文通事): 동지(同知) 이석련(李碩憐), 첨지(僉知) 이송년(李松年), 첨지 이지남(金指南)

상판사(上判事), 일본조선문통사(日本朝鮮文通事): 홍작명(洪爵明)·현덕윤(玄德潤)·정창주(鄭昌周)·김시량(金是樑)·최한진(崔漢鎭)·김현문(金顯門).

학사(學士) 제술관(制述官): 전좌즉(前佐郎) 이현(李礥) 호는 동곽(東郭).

의사(醫師): 양의(良醫) 기두문(奇斗文) 호는 상백헌(嘗百軒). 현만규(玄萬奎)·이위(李渭).

압물판사(押物判事) 음물문역(音物文役): 박태신(朴泰信)·김시박(金時璞)·조득현(趙得賢).

사자관(寫字官): 이수장(李壽長)·이이방(李爾芳).

서사(書師): 박동진(朴東晉).

군관(軍官): 이락(李詻)·김일영(金鎰英)·이행검(李行儉)·조건(趙健)·한범석(韓範錫)·유준(柳濬)·김세진(金世珍)·한윤기(韓潤基).

서기(書記): 홍순연(洪舜衍)·엄한중(嚴漢重)·남성중(南聖重).

군관(軍官): 민제장(閔濟章)·정수송(鄭壽松)·조빈(趙儐)·정찬술(鄭纘述)·신진소(申震熽)·유정좌(劉廷佐)·장문한(張文翰)·임도승(任道升)·변경리(卞景利)·김두명(金斗明)·엄한우(嚴漢佑).

마상재(馬上才): 지기택(池起澤)·이두흥(李斗興).

마의(馬醫): 안영민(安英敏).

악인(樂人): 김석겸(金碩謙)·김세진(金世珍).

○ 조선국왕(朝鮮國王) 이돈(李焞)이 받드는 국서

일본국왕(日本國王) 전하(殿下)

빙문(聘問)의 윤택함이 빠르게 한 세대를 지났습니다. 삼가 받듭니다. 전하께서는 기도(基圖)[1]를 밝게 이어서, 구역(區域)을 크게 구제했

1 기도(基圖) : 기업(基業). 도(圖)는 황도(皇圖).

습니다. 그 인호(隣好)에 있어서 어찌 기쁨이 솟음을 이길 수 있겠습니까? 힘써 단개(耑价)[2]로 내달리고, 신의(信儀)를 들어서 화목을 닦고 경사를 불러왔습니다. 삼가 고상(故常)[3]에 따르고, 이어서 비품(菲品)으로써 애로라지 먼 정성을 부칩니다. 오직 영유(令猷)[4]에 더욱 힘써서 영원히 교의(交誼)를 견고히 하기를 바랍니다. 불비(不備).

신묘년 정월.

조선국왕(朝鮮國王) 이돈(李焞)

○ 일본국왕(日本國王) 원가선(源家宣)이 받든 복서(復書)

조선국왕(朝鮮國王) 전하(殿下)

옥촉(玉燭)[5]의 사시가 조화로워서 이의(二儀)[6]의 교태(交泰)[7]에 응하니, 보린(寶隣)[8]과 대대로 화목하고, 백년의 즐거움을 이었습니다. 예폐(禮幣)가 이미 풍성한데, 서사(書辭) 또한 화려합니다. 그 감개하여 기뻐함을 끝없이 늘어놓고, 약간의 사의(謝儀)가 있어서, 돌아가는 사신에게 부칩니다. 선도(善禱)에 부합하고, 영원히 순리(純釐 : 큰 복)를 보존하시기를 바랍니다. 불비(不備).

---

2 단개(耑价) : 단개(端介). 방정경개(方正耿介).

3 고상(故常) : 상례(常例).

4 영유(令猷) : 아름다운 업적.

5 옥촉(玉燭) : 사시의 기후가 조화로워서 만물의 광휘가 옥촉과 같다는 것.

6 이의(二儀) : 천지(天地).

7 교태(交泰) : 천지의 기(氣)가 융통하여 만물이 각각 그 생육을 따르는 것.

8 보린(寶隣) : 이웃 나라에 대한 경칭.

정덕(正德) 원년 신묘년 11월

일본국왕(日本國王) 원가선(源家宣)

○정덕(正德) 원년 10월 5일, 조선(朝鮮) 빙사(聘使)가 미주(尾州)의 기역(起驛)에 도착했다. 이 날은 날씨가 차고 비가 내려서 사람과 말이 진창길에서 떠돌았다. 우연히 종사(從事) 이공(李公)에게 작은 병에 있어서, 의공(醫工) 임춘암(林春菴)을 시켜 살펴보도록 했는데, 담소 말미에 절구 한 수를 지어 기증했다.

임춘암에게 남겨서 이별하다(留別林春菴) 남강(南岡)

찬비 차가운 옛 역의 누대에서 寒雨蕭蕭古驛樓
나그네 길 출발하려다 잠시 머물었네 客行將發暫淹留
그대 만나 다행히 새 벗을 얻었는데 逢君幸得新知樂
어찌 이처럼 갈림길에 임해 이별의 수심을 품는가? 奈此臨岐抱別愁

이날 밤 3경(更)에 삼사(三使)가 미부(尾府) 빈당(賓堂)으로 들어갔다. 이튿날 새벽에 길을 출발했는데, 깃발이 간미참계천(干尾參堺川)에 이르러서, 다정(茶亭)에서 써서 주었다. 서리가 내리기 전에 산과 강의 나무가 비었다. 돛을 펴니 별 탈이 없고, 가을바람 속 북행(北行)을 하니 모일 수가 없었다. 또한 운산(雲山)이 이별 속으로 들어감을 보았다.

정암(靖菴)

온갖 허물을 버릴 것을 두루 아니 百過偏知去
얼굴과 등에서 참된 용모를 찾네 面背探眞容
승경 감상이 부족하다고 하며 勝賞未云足
여행 중에 눈 쌓인 봉우리를 쳐다보네 客中瞻雪峰

동한사객제(東韓槎客題)

11월 그믐날, 사절(使節)이 서쪽을 돌아서 다시 미양(尾陽) 명해역(鳴海驛)에 도착했다. 어떤 이가 수선화·산다화(山茶花)[9]·한국(寒菊)[10]을 대나무 통에 꽂아서 세 분 사군(使君)께 기증했다.

○명해역정 은군자가 눈이 오는 중에 꽃을 보내옴을 사례하다(謝鳴海驛亭隱君子雪中送花) 평천(平泉)

누가 눈 속의 꽃을 誰將雪裏花
이 푸르고 푸른 대나무에 꽂았는가? 揷此靑靑竹
가지고 와서 내 시를 구하니 持以乞吾詩
그대가 마땅히 속되지 않음을 알겠네 知君應不俗

9 산다화(山茶花) : 동백(冬柏).
10 한국(寒菊) : 국화의 일종.

○명해주인이 난과 국화와 동백을 기증함을 사례하다(謝鳴海主人贈蘭·菊·冬柏) 정암(靖菴)

동쪽으로 만리를 갔다가 다시 서쪽으로 돌아오니　東征萬里復西還
옛 객관의 풍광에 잠시 즐겁네　舊館風光暫破顔
누가 향기로운 꽃을 먼 길 객에게 주었는가?　誰折芳華貽遠客
겨울 속 봄이 대나무 통 사이에 있네　歲寒春在竹筒間

○명해주인이 난과 국화와 동백을 기증함을 사례하다(謝鳴海主人贈蘭·菊·冬柏) 남강(南岡)

춘란과 추국과 동백이 있으니　春蘭秋菊兼冬柏
꽃 피는 것이 어찌 한 때를 함께 하는가?　花事如何共一時
주인께서 먼길 객에게 주심을 몹시 감사하며　多謝主人供遠客
눈 속의 세 향기로 시를 적네　雪中三嗅爲題詩

○중동(中冬) 그믐날, 통신사의 빈당(賓堂) 위에서 양의(良醫) 기두문(奇斗文)과 필담으로 의술(醫術)을 논한 후, 학사(學士) 이공(李公)의 사안(詞案)에 받들어 올리다.

예홍배초(倪弘拜艸) 죽전삼익(竹田三益)

동서의 만리 파도가 막히지 않았으니　不隔東西萬里濤
명성 넘치는 영걸을 우러르네　聲名洋溢仰英豪
근원은 수사(洙泗)[11]에 통해 멀리 거슬러 가고　源通洙泗遡洄遠

구름은 봉영(蓬瀛)[12]을 두르고 높이 넘어가네　雲遶蓬瀛度越高
이역의 눈과 서리가 양쪽 흰 귀밑머리에 있고　異域雪霜雙白鬢
하늘의 바람과 달은 한 붉은 붓에 있네　太虛風月一彤毫
돌아갈 기한에 왔던 봉황을 어찌할 수가 없으니　歸期無奈來期鳳
이처럼 떠나면 내일 아침엔 천 길로 날아가리라　此去明朝千仞翺

○예홍 사백의 운을 받들어 차운하다(奉次倪弘詞伯韻)

삼한(三韓) 동곽(東郭)의 원고

오만하게 보는 술잔과 안주엔 화사한 햇살이 물결치고
傲眼杯肴汰日濤
머리털은 다 빠졌는데 기세는 오히려 호협하네　鬓毛凋盡氣猶豪
구름 자취 질탕하게 부상(扶桑)[13]을 지나가고　雲蹤跌宕扶桑過
시골은 우뚝이 부악(富嶽)[14]보다 높네　詩骨崢嶸富嶽高
절로 기이한 유람이니 참으로 뜻에 맞고　自是奇遊眞愜意
등한한 남은 일은 모두가 터럭과 같네　等閑餘事總如毫
서쪽으로 돌아오니 진정 그리운 꿈이 있어　西歸定有相思夢
멀리 봄 기러기를 좇아 바다 위로 날아가네　遠逐春鴻海上翺

11 수사(洙泗) : 수수(洙水)와 사수(泗水). 공자(孔子)의 고향 곡부(曲阜)에 있는 물 이름. 공자의 학문 유학(儒學)을 말함.

12 봉영(蓬瀛) : 봉래(蓬萊)와 영주(瀛洲). 삼신산(三神山) 중의 두 곳. 일본을 말함.

13 부상(扶桑) : 전설 속의 해가 뜨는 곳. 일본을 말함.

14 부악(富嶽) : 부사산(富士山).

○의관 기공에 올리다(呈醫官奇公) 예홍(倪弘)의 원고

타향에서 해동의 하늘을 두루 밟고	異鄕踏遍海東天
묘한 의술이 입신하여 과화(過化)[15]가 온전하네	妙術入神過化全
약을 찾아 돌아갈 때 삿갓이 무거운데	採藥歸時笠將重
선풍이 눈발 날리는 부산(富山)[16] 가에 있네	仙風飜雪富山邊

(화답이 없었다.)

○이역의 고객께 받들어 올리다(奉贈異域高客)

입가양견(立家養見)의 배고(拜稿)

봄에 동해를 건너와서 가을과 겨울을 지내니	春浮東海歷秋冬
운수(雲水)[17]의 고요한 마음을 어찌 거듭 하락했나?	雲水沈心幾許重
왕래함에 마땅히 정해진 날이 있지만	從是往還應刻曰
고향의 꿈속에 한 누대의 종소리를 깨닫네	故園夢覺一樓鐘

○우(又)

조선은 본래 부상과 이웃이어서	朝鮮本與扶桑鄰
아득한 높은 파도도 구름을 끊기가 어렵네	渺渺驚波難斷雲
오늘 아침 상봉할 줄을 생각하지 못했는데	不憶今晨旣捧袂

15 과하(過化) : 한 지역을 넘어선 교화(敎化).

16 부산(富山) : 부사산(富士山).

17 운수(雲水) : 행운유수(行雲流水)처럼 정처 없이 떠도는 것.

천리 타향의 그대를 상봉했네 相逢千里異鄕君

○양견 사백의 운을 받들어 사례하다(奉謝養見詞伯韻)

삼한(三韓) 동곽(東郭)의 원고

깊은 가을의 행색이 또 깊은 겨울이 되니 高秋行色又深冬
전후로 높은 돛이 산과 바다를 거듭 가네 前後危檣山海重
내일 우정(郵程)[18]이 또 멀 것을 아니 明日郵程知又遠
앉아서 외로운 촛불을 사르며 새벽 종소리를 기다리네
坐燒孤燭待晨鐘

○우(又)

한 번 보고 오히려 기쁘니 덕이 이웃을 비추고 一見猶欣德照鄰
절 누대의 풍경소리가 찬 구름에 울리네 寺樓淸磬響寒雲
아! 내 오랜 병이 낫기 어려운데 嗟吾舊疾難醫得
이후에 신방(神方)[19]을 그대에게 묻고자 하네 時後神方欲問君

두 동방나라가 이웃하여 화목하니, 대례(大禮)를 행하게 되었습니다. 세 분 관사(官使)께서 돌아가는 수레를 미부(尾府)의 빈관(賓館)에 주차하시니, 진중(珍重)함이 끝이 없습니다. 불녕(不佞)은 성은 횡전(橫

18 우정(郵程) : 역로(驛路).
19 신방(神方) : 신통한 약방문(藥方文).

田)이고, 이름은 종익(宗益)이고, 호는 단수헌(湍水軒)입니다. 방군(邦君)께서 좌하(座下)를 모시라고 명하셨는데, 다행히 두문(斗文) 기선생(奇先生)을 뵙게 되었습니다. 일찍이 선생의 국수(國手)의 재명(才名)을 듣고, 뵙기를 바라는 날이 오래였습니다. 오늘저녁 접견을 하니 흡사 오랜 가뭄 중에 첫 비를 만난 듯합니다. 불녕은 창과(瘍科)를 직업(業)으로 삼고 있습니다. 비록 그렇지만 얕은 재능과 천박한 학식 때문에 치료술에서 빼어난 효험을 얻지 못한 것이 여러 조목입니다. 삼가 바라건대 남거(南車)[20]를 아끼지 말아서 손이 기쁘게 도약하며 비방(秘方)을 받게 해주십시오.

횡전종익(橫田宗益)

○두문(斗文)

저는 용렬한 재능인데, 어찌 감히 그대의 바람에 응할 수 있겠습니까? 비록 그렇지만 일찍이 시험해 본 것을 또한 침묵할 수는 없습니다. 바라건대 그 대략을 논해볼까 합니다. (이 사이에 치료술과 약제방(藥劑方)에 대한 문답이 여러 조목이었는데, 생략한다.)

○백헌 기선생께 받들어 올리다(奉嘗百軒奇先生) 단수헌(湍水軒)

아름다운 명예와 이름이 평소 듣던 바에 흡족한데 美譽芳名愜素聞

20 남거(南車) : 지남거(指南車). 방향을 가리키는 수레.

청낭(青囊)[21]의 기이한 법은 다만 그대로 인한 것이네 青囊奇法獨因君
내일 아침 이별한 후 혹시 꿈을 꾼다면 明朝別後儻締夢
서쪽 조선의 해지는 구름 속으로 날아가리라 飛入西鮮日暮雲

○ 두문(斗文)

행역(行役)의 고달픈 끝에, 수삼 조목과 4운의 율시를 천신만고로 근근이 받들어 차운하려했으나, 종이에 글을 쓰는 사람의 분분함이 초(楚)나라와 한(韓)나라의 다툼보다 심하여 정신의 산란함을 조처할 바를 모르겠습니다. 어지러운 증세가 약간 낫는다면 다시 정신을 이어서 조용히 받들어 차운하려 합니다.

○ 단수헌(湍水軒)

불녕(不佞)이 그대의 긴 여정의 피로를 돌아보지 못하고, 십년(十年)[22]의 대화를 청했으니, 실로 불경(不敬)함이 심했습니다. 비록 그렇지만 평수상봉(萍水相逢)[23]은 재회를 기약할 수 없습니다. 이 때문에 불녕이 멈추지 못하고 청문(請問)하게 된 까닭입니다. 감히 사례하고,

21 청낭(青囊) : 의서(醫書)를 넣는 푸른 포대(布袋). 의술 혹은 의생(醫生)을 지칭함.
22 십년(十年) : 십년서(十年書). 장기간 독서하여 얻은 학문.
23 평수상봉(萍水相逢) : 부평초가 물에 떠다니며 모이고 흩어짐이 일정하지 않는 것. 우연한 상봉을 말함.

감히 사례합니다.

○삼가 단수헌께 차운하다(敬次湍水軒) 두문(斗文)

동해의 기재가 천하에 소문나니　東海奇才天下聞
음양의 강론이 정확한 그대를 만났네　陰陽講確正逢君
청담이 끝나지 않았는데 밤이 새려 하니　淸談未了夜將曙
머리 돌려 이별할 길의 구름을 자주 바라보네　回首頻望別路雲

오랜 날의 행역으로 정신이 피곤한데, 가는 곳마다 의술을 논하고, 혹은 병을 살피고, 증세를 질문함이 백 사람에 이르려고 합니다. 한가닥 정신이 더욱 혼미해져서 이와 같이 졸렬하게 받들어 차운하였습니다. 곁에 밀쳐놓고 때때로 웃음거리로 삼으심이 옳을 것입니다.

○초췌하게 받들어 한국의 과객께 부치다(悴奉寄韓國過客)

잠재(潛齋) 번야양원(幡野養源)

술잔 들고 정을 베끼며 물과 육지 사이에서　把酒寫情水陸間
몇 번이나 아녀자 때문에 고향을 생각했던가?　幾緣兒女憶鄕關
객중에 좋은 풍경이 있다고 해도　客中縱有好風景
어찌 고향에서 함께 취하는 얼굴과 같을 것인가?　何似故園共醉顔

○잠재 장안에 차운하여 받들다(次奉潛齋丈案)

삼한(三韓) 동곽(東郭)

일 년 오랫동안 도로 사이에 있었는데　一年長在道途間
다시 말채찍을 들고 무관(武關)을 나서네　又著征鞭出武關
스스로 장부라서 마음이 탄탕(坦蕩)[24]하니　自是丈夫心坦蕩
두루 고생을 맛보아도 또한 즐거운 얼굴이네　備嘗辛苦亦歡顔

○탄야야항(坦軒野恒) 야중언재위문(野中彦左衛門)

귀하께서 되돌아올 때를 들었는데, 다행히 미주(尾州) 기읍역(起邑驛)에서 다시 휴식함을 보았습니다. 지난번 동관(東關)에 갔던 날 의공(醫工) 임춘암(林春菴)에게 이별시로 주었던 운으로 좌우(座右)에 문득 올립니다. 삼가 바라건대 영부(郢斧)[25]로 거듭 화답을 내려 주신다면 몹시 다행이겠습니다.

제잠(鯷岑)의 구름 속에 먼 이서루　鯷岑雲遠李書樓
서쪽으로 주량(舟梁)[26]을 지나가며 머물지 않네　西過舟梁去不留

---

24 탄탕(坦蕩) : 흉금이 개랑(開朗)하고 심지가 순결한 것. 『論語·述而』에 "君子坦蕩蕩, 小人長戚戚"이라고 했음.

25 영부(郢斧) : 문학의 거장(巨匠)을 말함. 『莊子·徐无鬼』에 의하면, 초(楚)나라 장인(匠人) 석(石)이 도끼를 휘둘러서 영인(郢人)의 콧등에 붙은 흰 가루를 제거하였다고 함. 이를 영장휘근(郢匠揮斤)이라고 함. 나중에 문학의 거장을 지칭하게 되었음.

26 주량(舟梁) : 배를 이용하여 만든 부교(浮橋).

가면서 해낭(奚囊)[27]에 가득 채운 시가 몇 체이던가? 行滿奚囊詩幾體

신곡 한 장에 지나는 구름이 수심 짓네 一章新曲過雲愁

(대개 이계(李溪)[28]는 후당(後唐) 사람인데, 집에 기서(奇書) 만 권이 있어서 당시에 이서루(李書樓)라고 불렀다고 들었다. 기읍(起邑)에서 주량(舟梁)을 새로 만들었기 때문에 시구에서 언급했다.)

○동곽 이학사께 절구 한 수를 특별히 올려서 무딘 날을 담금질하여 보여주시기를 청합니다. 청신한 화편을 주시기를 바라며, 아울러 영부의 한 미소를 바랍니다.(特呈一絕於東郭李學士, 請淬圓鋒以見, 乞與清新之和篇, 併乞郢斧一莞) 탄헌(坦軒)

노담(老聃)[29]이 일찍이 오천자(五千字)[30]를 지었는데 老聃曾著五千字

일소(逸少)[31]가 베껴다가 거위 무리와 바꾸었네 逸少寫來換鵝群

가령 지금도 도사가 아니라면 假饒如今微道士

사람들은 오히려 맹공(孟公)[32]의 문도 버린다네 人猶藏棄孟公文

27 해낭(奚囊) : 시낭(詩囊). 당나라 이하(李賀)가 소해(小奚 : 어린 종)에게 시낭을 들고 따라다니게 한데서 유래함.

28 이계(李溪) : 이계(李磎). 자는 경망(景望). 강하(江夏 : 지금의 武昌) 사람. 당나라 말에 대신(大臣)을 지냈음. 장서가로 유명하여 이서루(李書樓)라고 불렸음.

29 노담(老聃) : 노자(老子). 일명 이이(李耳)라고 함.

30 오천자(五千字) : 노자의 『도덕경(道德經)』. 5천 글자로 되어 있음.

31 일소(逸少) : 왕희지(王羲之)의 자. 평소 거위를 좋아했는데, 일찍이 노자의 『도덕경』을 써주고서 거위를 얻은 적이 있음.

32 맹공(孟公) : 서한(西漢) 지준(陳遵)의 자. 두릉(杜陵 : 西安) 사람으로 가위후(嘉威

○탄헌 사백의 운에 급히 차운하다(走次坦軒詞伯韻)

삼한(三韓) 동곽(東郭) 배고(拜稿)

소소한 눈바람 치는 역 남루에 蕭蕭風雪驛南樓
화답한 새 시를 아침에 남겨놓았네 爲和新篇旦○留
진중한 한마디가 대면을 대체할 만한데 珍重一言堪替面
떠나려다 도리어 이별의 근심을 깨닫네 臨行還覺動離愁

○상동(同)

부친 시가 생동하고 진정 정이 깊은데 寄詩生面眞高義
또한 높은 재능이 몹시 출중함을 보네 亦見高才逈出群
나는 서쪽으로 귀향하고 그대도 멀어지면 我正西歸君且遠
한 술동이 어디서 얻어 함께 문장을 논할 것인가? 一樽安得共論文

○조선 학사 동곽 선생께 받들어 올리다(奉贈朝鮮學士東郭老先生) 미양동륜(尾陽東輪) 천린두타(天麟頭陀) 원고

북경삼걸(北京三傑)[33]의 명성을 예전에 들었는데 北京三傑昔聞聲
지금 웅번(雄藩)에서 이 분이 있음을 보네 今見雄藩有此卿
해타(咳唾)[34] 문장의 파란이 평지에서 솟아나는데 咳唾文瀾平地湧

侯)에 봉해졌음. 글씨에 뛰어났음.

33 북경삼걸(北京三傑) : 당나라 온언박(溫彦博)은 형 대아(大雅)와 동생 대유(大有)와 함께 모두 경상(卿相)의 재능을 지녀서, 당시 삼걸이라 불렸음.

도아(塗鴉)[35]의 나는 폭포가 하늘에 뿌려져 놀라게 하네
塗鴉飛瀑潑天驚
천석을 한 번 읊조리니 광휘가 생겨나고 一吟泉石生光耀
천리 해산에 성명을 새겼네 千里海山勒姓名
바라건대 나의 벽돌을 조벽(趙璧)[36]으로 바꿔준다면
願我將甎換趙璧
오두막에 수장하여 연성벽(連城璧)으로 삼으리라 收藏蓬蓽擬連城

○천린 사백이 보내주신 운에 멀리서 차운하다(遙次天麟詞伯寄示韻) 삼한(三韓) 동곽(東郭) 배고(拜稿)

세상에서 밥 짓는 소리를 아는 사람이 없으니[37] 世上無人識爨聲
선비가 굶주림을 달게 여기며 공경이 되지 않네 士甘窮餓不公卿
명마가 기야(冀野)[38]에 오르니 두 발굽들이 달아나고
駒騰冀野雙蹄逸

34 해타(咳唾) : 남의 시문에 대한 존칭.

35 도아(塗鴉) : 문자가 열등하다는 겸칭. 당나라 노동(盧仝)의 「시첨정」시에 "忽來案上翻墨汁, 塗抹詩書如老鴉"라고 했음.

36 조벽(趙璧) : 전국시대 조(趙)나라의 국보 화씨벽(和氏璧). 진(秦)나라가 15개의 성(城)과 바꾸자고 했음. 이로 인하여 일명 연성벽(連城璧)이라 함.

37 세상에서……없으니 : 남조(南朝) 양(梁)나라 소통(蕭統)의 「錦帶書十二月啓·大呂十二月」에 "某種瓜賤士, 賣餠貧生, 入爨竈以揚聲, 不逢蔡子; 駕鹽車而顯跡, 罕遇損楊"이라 했음.

38 기야(冀野) : 기주(冀州)의 북쪽 들. 말의 생산지로 유명함. 당나라 한유(韓愈)의 「送溫處士赴河陽軍序」에 "伯樂一過冀北之野, 而馬群遂空"이라 했음.

학이 요대에 내려오니 모든 시선이 놀라네　　鶴下瑤玲衆目驚
천리에서 시를 보내오니 뜻이 두터움을 알고　　千里詩來知意厚
팔차재준(八叉才俊)[39]의 높은 명성을 우러르네　　八叉才俊仰高名
이 행차가 갈림길의 이별을 저버림을 부끄러운데　　此行慙負臨歧別
슬프게 음용이 바다 성으로 막혔네　　悵悵音容隔海城
(세월이 흑룡(黑龍) 중춘(仲春) 상완(上浣 : 상순)에 있었다.)

○학사 이공께 올리다(呈學士李公) 우동륜(寓東輪) 도백천초(濤百川艸)

반년 간 삼십 육주를 반쯤 지나며　　半歲半經六六州
몽혼이 몇 번이나 도두(刀頭)[40]를 읊었던가?　　夢魂幾度賦刀頭
해외에 조전(祖餞)[41]이 없다고 말하지 마오　　莫言海外無祖餞
좋은 경치를 읊조려 돌아가는 배에 실으리라　　勝槪吟將載歸舟

○도백천 사선의 운에 멀리서 차운하다(遙次濤百川詞仙韻)

삼한(三韓) 동곽(東郭)의 원고

그대의 시율이 서주(西州)에서 제일이라 들었는데　　聞君詩律擅西州
선성(宣城)[42]을 부끄럽게 한 걸음 양보하게 하네　　恥向宣城讓一頭

39 팔차재준(八叉才俊) : 당나라 온정균(溫庭均)은 재사(才思)가 민첩하여 8번 팔짱을 끼는 사이에 시를 완성하였다고 함. 그래서 팔차수(八叉手)라고 함.

40 도두(刀頭) : 환(還)의 은어. 칼머리에 환(環)이 있는데, 환(環)은 환(還)과 동음임. 귀환(歸還).

41 조전(祖餞) : 전별(餞別).

화답 마친 새 시편이 맑아서 잠 못 이루고 和罷新篇淸不寢
바다하늘 밝은 달빛 속 외로운 배에 누웠네 海天明月臥孤舟

○학사 동곽 이공께 올리다(奉呈學士東郭李公)

서철(瑞哲) 건계갈권장뢰배(健溪葛卷長賴拜)

멀리 엄명을 받들고 서쪽으로 돌아오니 遠○嚴命向西回
시사가 입신한 칠보재(七步才)[43]이네 詩思入神七步才
섣달 내일 아침에 봄기운 움직이면 臘月明朝春意動
그윽한 향기가 객을 동반한 설중매가 피리라 幽香伴客雪中梅

○건계 사백이 부쳐준 운에 멀리서 차운하다(遙次健溪詞伯寄示韻) 동곽(東郭)

바삐 새 시를 들고 백 번을 읽어보니 忙把新詩咏百回
비로소 동역에도 기재가 있음을 알았네 始知東域有奇才
청고한 품격을 내 어찌 비교하랴? 淸高品格吾何比
옥골경파(玉骨瓊葩)[44]의 눈을 이기는 매화이네 玉骨瓊葩傲雪梅

42 선성(宣城) : 남조(南朝) 제(齊)나라 사조(謝朓). 선성태수(宣城太守)를 지냈음. 경릉팔우(竟陵八友) 중의 한 사람.

43 칠보재(七步才) : 삼국 위(魏)나라 조식(曹植)이 7걸음 만에 시를 완성하여 칠보재라고 했음.

44 옥골경파(玉骨瓊葩) : 옥의 뼈와 옥의 꽃. 매화를 말함.

○동곽 이공께 받들어 올리다(奉呈東郭李公)

원장(源藏) 서계갈권장용배(恕溪葛卷長庸拜)

무성(武城)을 한 번 떠나 몇 달의 여정인가? 一去武城幾月程
파도 평탄한 만 리에 비단 돛이 경쾌하네 波平萬里錦帆輕
문성이 땅에 떨어져 동해를 진동하고 文星落地動東海
천년 오래 호걸의 이름을 남기네 千歲長留豪傑名

○서계 사백이 부쳐온 운에 멀리서 차운하다(遙次恕溪詞伯寄示韻) 동곽(東郭)

해국의 뱃길에 스스로 여정이 있으니 海國舟行自有程
조각 돛이 초월하니 일신이 가벼운데 片帆超忽一身輕
경거(瓊琚)[45]를 누가 행인에게 부쳤는가? 瓊琚誰向行人寄
여전히 계옹(溪翁)의 옛 성명을 기억하네 猶記溪翁舊姓名

○삼가 비리한 말 3장을 읊어 조선 삼사군의 시단에 받들어 올리고, 웃으며 열람하기를 바랍니다(謹賦俚語三章, 奉呈朝鮮國三使君詩壇, 伏蘄笑覽) 일동초신(日東草臣) 대전동작(日東草臣大田東作)의 원고

제일수(其一)

선린사절이 봉래를 향하니 善鄰使節向蓬萊

45 경거(瓊琚) : 좋은 옥의 일종인데 남의 시문에 대한 미칭으로 사용했음.

정정한 행장이 장관이네! 整整行裝觀壯哉
명을 받든 영명이 두 나라에 울리고 奉命英名鳴二國
붓을 대니 문채가 삼태성(三台星)[46]에 빛나네 落毫文彩耀三台
고취 고려곡을 예로부터 들었는데 鼓吹古聽高麗曲
의복은 지금도 성대한 한나라에 의거해 짓네 冠服今依盛漢裁
우러르며 다만 산과 강 같은 염려를 더했으니 瞻仰徒添河岳念
큰 관용으로 낮은 재능을 올림을 죄주지 마오 海容勿罪獻卑才

제이수(其二)

구름 열린 보교에서 태의(台儀)[47]를 바라보니 雲開寶轎望台儀
문무의 송영하는 무리가 갈림길에 가득하네 文武送迎簇滿歧
햇살을 반 가린 취개(翠蓋)[48]가 펼쳐졌고 日影半遮張翠蓋
봄빛이 한 줄기에 붉은 깃발이 늘어졌네 春光一帶列朱旗
인유예순(仁柔禮順)[49]을 풍속으로 삼았고 仁柔禮順爲風俗
기자(箕子)의 자취와 주(周)나라의 봉함이 창업의 기틀이었네
箕蹟周封創業基
도가 남아있음은 오직 귀국 덕분인데 道所存唯緣貴國
근래 중국이 오랑캐[50]에 의해 변모했다고 들었네 近聞華夏變於夷

46 삼태성(三台星) : 큰곰자리에 있는 자미성을 지키는 별. 각각 두 개의 별로 된 상태성(上台星), 중태성(中台星), 하태성(下台星)으로 이루어져 있다.

47 태의(台儀) : 삼공(三公)의 의용(儀容). 태(台)는 삼태성(三台星). 예부터 삼태성을 삼공에 비유했음.

48 취개(翠蓋) : 푸른 새의 깃털로 장식한 수레의 푸른 양산.

49 인유례순(仁柔禮順) : 인애온화(仁愛溫和)하고 예로써 순종함.

제삼수(其三)

이방에서 얼마나 많은 고을을 지나왔던가? 殊方跋涉幾多州
어느 곳 경치가 나그네 눈을 위로했던가? 何處景光慰旅眸
일 년 추위와 더위 속에 해 저묾에 놀라는데 寒暑一年驚歲晩
만 리 연파 속에서 귀환계책을 재촉하네 煙波萬里促歸謀
강산에 흥이 있어 읊조려 수시로 짓고 江山有興吟隨作
군국에서 이름을 아니 자취를 영원히 남기네 郡國識名迹永留
우리 읍은 비록 시 재료로 올릴 것이 없으나 弊邑雖無詩料獻
부디 큰 붓을 휘둘러 풍류거리로 삼게 해주오 幸揮巨筆資風流

○ 대전수재가 준 운에 수창하여 사례하다(酬謝大田秀才見贈之韻) 평천(平泉) 원고

해외 신산이 방장과 봉래인데 海外神山是丈萊
선사로 유람하며 감상하니 모두 기이하네 仙査遊賞儘奇哉
지경은 강락(康樂)[51]이 일찍이 임했던 높은 산을 뛰어넘고 境超康樂曾臨嶠
사는 흥공(興公)[52]이 옛날 읊었던 「천태산부」를 물리치네 詞謝興公舊賦台

50 오랑캐 : 청나라 만주족을 말함.

51 강락(康樂) :동진(東晋) 사령운(謝靈運)의 봉호(封號) 강락공(康樂公). 산수를 좋아하여 항상 산에 올라 많은 산수시를 남겼다.

52 흥공(興公) : 진(晉)나라 손작(孫綽)의 자. 손작은 당대 명사로서 산수를 좋아하여 「천태산부(天台山賦)」를 지었음.

나랏일을 반년토록 아직 끝내지 못했는데　王事半年猶未了
나그네회포는 섣달에 배가 되어 누르기 어렵네　客懷殘臘倍難裁
맑은 시가 근심의 정을 알아서 남기니　淸詩解置愁時意
그대의 아름다운 빼어난 재능을 알겠네　知子翩翩不世才

○태전수재의 운에 급히 차운하다(走次太田秀才韻) 정암(靖菴)

이역의 풍상 속에 용의가 초췌하고　風霜異域悴容儀
먼 길 나그네들 어지럽게 갈림길에 가득하네　遠客支離滿路岐
세모의 강변에 옥절(玉節)[53]이 체류하니　歲暮江邊淹玉節
날 차가운 낭박(浪泊)에 아기(牙旗)[54]가 돌아왔네　天寒浪泊返牙旗
석씨(釋氏)[55]의 새로 수리한 절에 가서 투숙하고　行投釋氏新修宇
서생(徐生)[56]의 옛 창업의 터를 찾아가 조문하네　過弔徐生舊創基
우리 도가 유유히 해외에 떠있어서　吾道悠悠浮海外
외로운 충절을 스스로 보니 진정 기쁜듯하네　孤忠自視政如夷

53 옥절(玉節) : 옥절사(玉節使). 옥으로 만든 부절(符節)을 지니고 외국에 사행하는 사신(使臣).

54 아기(牙旗) : 깃대 위에 상아를 장식한 큰 깃발. 사신의 깃발을 말함.

55 석씨(釋氏) : 부처. 불교를 말함.

56 서생(徐生) : 서불(徐市). 본명은 서복(徐福). 진(秦)나라 때의 방사(方士)로서 진시황의 명을 받아 불로초를 구하기 위해 동해로 들어갔음. 전설에 일본에 도착했다고 함. 일본 기이시궁산(紀伊神宮山)에 서복묘의 유적이 남아있음.

○대전동군의 운에 급히 차운하다(走次大田東君韻)

남강산인(南岡散人)

동쪽으로 와서 몇 곳의 이름난 고을을 지나왔던가? 東來歷遍幾名州
해상의 풍연이 나그네 시야를 즐겁게 하네 海上風煙媚客眸
달빛 뚫는 성사가 다시 멀리 사라지니 貫月星査重遠沒
꽃 재배와 좋은 바위가 가장 좋은 계책이네 栽花錦石最良謀
일 년의 세월이 지금 다해가려는데 一年徂序今將盡
만 리 이방에서 어찌 오래 머물 건가? 萬里殊方豈久留
문득 양춘을 기뻐하며 묘한 곡을 들으니 忽喜陽春聞妙曲
그대의 사채가 출중함을 알겠네 知君詞彩出凡流

○이학사의 사안 아래에 받들어 올리다(奉呈李學士詞案下)

대전동작(大田東作)의 배고(拜稿)

큰 명성의 옛 한공에 대해 들었는데 大名曾聞古韓公
장원으로 선발되니 한 시대의 영걸임을 알겠네 魁選當知一世雄
공석(孔席)[57]에서 삼 년 만에 입실하니 孔席三年唯入室
수 길의 성인 담장 속의 궁을 누가 엿보겠는가? 聖牆數仞孰窺宮
청운의 뜻을 얻어 북두성을 바라보고 靑雲得意覩星斗
창해에 잔을 띄워 일동으로 왔네 蒼海浮杯來日東
곳곳마다 한묵장에서 꽃을 피우는 붓이니 處處翰場花發筆

57 공석(孔席) : 공자(孔子)의 좌석.

겨울에도 만족하게 봄바람 속에 앉았네 玄冬自若坐春風

(공의 수필(手筆)을 수고롭게 하여 제 집의 대액(大顏)[58]을 써주시기를 바랍니다.)

○대전동작 사백의 운을 받들어 차운하다(奉次大田東作詞伯韻)

삼한(三韓) 동곽(東郭)의 원고

늙은이의 문장이 거공(鉅公)[59]에 부끄러운데 老子文章媿鉅公
사원(詞源)[60]을 감히 동정호의 웅장함에 비하네 詞源敢比洞庭雄
향기로운 연꽃을 한 번 꺾으니 금방(金榜)[61]이 빛나고
芳蓮一採輝金榜
단계(丹桂)[62]를 거듭 붙잡고 월궁으로 들어갔네 丹桂重攀入月宮
부죽(符竹)[63]을 일찍이 나누어주어 기전(圻甸)[64] 밖에 있는데
符竹曾分圻甸外
선사가 바다하늘 동쪽에 늦게 체류했네 仙查晚滯海天東
나랏일의 여정엔 힘이 있어 사람을 몰아가는데 王程有力驅人去

58 대액(大顏) : 현판.

59 거공(鉅公) : 거장(巨匠).

60 사원(詞源) : 도도하게 끊이질 않는 문사(文詞).

61 금방(金榜) : 과거시험의 합격자의 명단.

62 단계(丹桂) : 옛날 과거시험에 합격함을 계수를 꺾었다고 했음. 또한 단계는 전설 속의 월궁(月宮)에 있다는 계수나무라고 함.

63 부죽(符竹) : 죽사부(竹使符). 부절을 주어 군수(郡守)에 임명함을 말함.

64 기전(圻甸) : 경기(京畿) 지역.

수역(水驛)의 행장엔 또 북풍이 부네　　　水驛行裝又北風

○ 이학사(李學士)께 받들어 사례합니다. 대전동작(大田東作)이란 자가 돌아와서 미양(尾陽)에서 성가(星駕 : 사신 수레)를 우러렀습니다. 비록 스스로 은하수를 가까이 할 수 없음을 알지만, 몹시 사모함을 그만 둘 수 없었습니다. 그래서 작은 정성을 지어서 잠깐의 볼거리를 갖추었습니다. 또 송의 수필을 수고롭게 하여 제 와려(蝸廬)[65]의 편액을 써주시기를 부탁했습니다. 공의 관대하고 인자함이 바다와 같아서 티끌을 천하게 여기지 않으시고, 곧 거필(巨筆)을 휘둘러서 '의춘당(宜春堂)'이란 3자 큰 글씨를 써서 내려주셨습니다. 게다가 오히려 경거(瓊琚)의 화답[66]으로 이어주셨습니다. 아! 모과(木瓜)를 올렸는데, 어찌 그리 그 보답이 성대합니까? 사례의 뜻을 펴려고 했으나, 사신의 깃발이 이미 서경(西京)을 향하고 있었습니다. 우연히 운홍(雲鴻)[67]이 있어서 곧 짧은 편지를 부쳐서 두터운 은혜에 사례합니다.

65 와려(蝸廬) : 달팽이 같은 협소한 초막. 자신의 거처에 대한 겸칭임.

66 경거(瓊琚)의 화답 : 경거는 좋은 옥의 일종. 좋은 시문을 비유함. 『시경(詩經)·위풍(衛風)·모과(木瓜)』에 "나에게 모과를 던져주니, 경거로써 보답하네(投我以木瓜, 報之以瓊琚)"라고 했음.

67 운홍(雲鴻) : 높은 하늘을 날아가는 기러기. 기러기는 편지를 상징한다. 한(漢)나라 소무(蘇武)가 흉노에 사신을 가서 19년 동안 억류되었는데, 흉노와 화친할 때 소무를 요구하자 흉노는 이미 죽었다고 거짓말을 했다. 한나라 사자가 천자가 상림(上林)에서 기러기를 사냥했는데 그 발에 소무의 비단 편지가 묶어있었다고 했다. 이에 흉노는 사과를 하고 소무를 돌려보냈다. 이후 안백(雁帛)이나 안신(雁信)은 편지를 의미하게 되었다.

맑은 깃발이 먼저 미주 경내를 지나갈 때 淸旆先時過尾境
미천한 몸이 어찌 돌아보는 정을 받기를 바랐겠는가? 微軀何幸荷顧情
고당에서 덕성[68]의 모임을 멀리서 우러르니 高堂逈仰德星會
찬 골짜기에 곧 봄날의 꽃이 돌아왔네 寒谷乍回春日榮
큰 글씨로 여막에 편액을 써준 것은 붉은 깃발이 되고 大字扁廬爲赤幟
경거의 화답이 지붕을 비추니 연성벽에 해당하네 瓊章照屋抵連城
글씨 형세가 훨훨 날아가려 하면 字勢翩翩將飛去
날개를 붙잡고 그대 따라 제경[69]에 이르리라 攀翼追君至帝京

○대전 사백이 부쳐준 운에 멀리서 차운하다(遙次大田詞伯寄示韻) 동곽(東郭)의 원고

늙은이가 젊은 시절의 학업을 완전히 포기했는데 老大全抛少日業
외람되게 황폐한 문필로 교정을 부탁했네 猥將荒墨托交情
허명이 문설주 사이의 글씨에 부끄러운데 虛名自愧楣間字
성대한 분수 밖의 광영을 도리어 불러들였네 盛奘還召分外榮
내 재능 돌아보니 왕일소(王逸少)[70]가 아니고 顧我才非王逸少
그대 시를 사랑하니 사선성(謝宣城)[71]과 같네 愛君詩似謝宣城

68 덕성(德星) : 현사(賢士)를 비유함.

69 제경(帝京) : 황제가 있는 경사.

70 왕일소(王逸少) : 왕휘지(王羲之). 일소는 왕휘지의 자. 동진(東晋)의 유명한 서예가로 서성(書聖)으로 불림.

지금 주부(州府)는 현로(賢路)[72]가 아님을 아는데 卽知州府非賢路
회견한 형형(亨衡)은 무경(武京)에 접했네 會見亨衡接武京
(세차 흑룡(黑龍) 중춘(仲春) 상완(上浣).)

○ 의관 기선생께 올리다(呈醫官奇先生) 대전동작(大田東作) 원고

화타(華陀)[73]의 묘한 생각에 귀신이 먼저 놀라니 華陀妙思鬼先駭
신술을 누가 도모하여 지극한 미묘함으로 들어갔는가? 神術誰圖入至微
나라 밖에서 전하는 명성이 사절을 수행하니 方外傳名隨使節
의낭에서 비술을 찾아 천기(天機)[74]를 놀리네 囊中探秘弄天機
이장(李張)[75]의 내외경(內外經)를 상세히 증명했고 李張內外證詳辨
주설(朱薛)[76]의 음양(陰陽)을 논함이 어찌 어긋나랴? 朱薛陰陽論豈違

71 사선성(謝宣城) : 사조(謝朓). 남조(南朝) 제(齊)나라의 유명한 문인. 선성태수(宣城太守)를 지냈음.

72 현로(賢路) : 현인(賢人)이 벼슬에 나갈 기회.

73 화타(華陀) : 중국 후한(後漢)때의 명의(名醫). 침구(鍼灸)・마비산(痲痹散)을 사용하여서 치료하였음. 조조(曹操)의 시의(侍醫)가 되었으나, 후에 그의 노염을 사서 살해됨. 저서로 『청낭비결(青囊祕訣)』이 있음.

74 천기(天機) : 모든 조화(調和)를 꾸미는 하늘의 기밀(機密).

75 이장(李張) : 이동환(李東垣 : 1180-1251)과 장종정(張從正 : 1156-1228). 이동환은 이름이 고(杲), 자는 명지(明之), 자호는 동환노인(東垣老人). 장원소(張元素)에게 의술을 배웠다. '금원사대가(金元四大家)' 중의 한 사람. 저서로 『비위론(脾胃論)』과 『내외상변혹론(內外傷辯惑論)』 등이 있다. 장종정은 자가 자화(子和), 호는대인(戴人). '금원사대가(金元四大家)' 중의 한 사람. 저서로 『유문사친(儒門事親)』 등이 있다.

76 주설(朱薛) : 주단계(朱丹溪 : 1281-1358)와 설기(薛己 : 1487-1559), 주단계는 자가 언수(彦修), 이름은 진형(震亨). 원(元)나라의 저명한 의원. 사후 사람들이 단계옹(丹溪

도처에서 회생시키고 세상을 구하는 손이니　　到處回生濟世手
그대가 따로 봄빛을 통솔함을 깨닫네　　須知君別領春暉

○대전 의사께 받들어 수창하다(奉酬大田醫師)

삼한(三韓) 양의(良醫) 상백헌(嘗百軒)

평생 작은 의술이 소활하고 천함이 부끄러운데　　平生小術慚踈淺
어찌 신방이 있어 미묘함을 열었겠는가?　　焉有神方闡妙微
노창(盧倉)[77]의 병을 치료하는 법을 알려거든　　欲識盧倉治病法
손빈(孫臏)과 오기(吳起)[78]의 병법사용과 같아야 하리라　　須如臏起用兵機
음양과 수화(水火)[79]를 살핌이 세심해야 하고　　陰陽水火看宜細
생사와 안위를 징험함이 어긋나지 않아야 하리　　生死安危驗莫違
그대는 일심으로 사람들의 구제를 살피니　　知子一心存濟衆
추운 골짜기에 봄빛을 두루 미치게 할 수 있네　　可令寒谷遍春暉

翁)이라 불렀음. 유완소(劉完素)·장종정(張從正)·이동환(李東垣)과 함께 '금원사의가(金元四大醫家)'로 불림. 저서에 『국방발휘(局方發揮)』와 『격치치여(格致餘論)』 등이 있다. 설기는 명나라 소주부(蘇州府) 오현(吳縣) 사람. 자는 신보(新甫), 호는 입재(立齋)·설개자(薛鎧子). 어려서 가학(家學)을 계승하여 내외제과(內外諸科)에 정통했고, 더욱 의서(醫書)의 저술에 치력했다. 저서에 『설씨의안(薛氏醫案)』이 있다.

77 노창(盧倉) : 춘추시대 편작(扁鵲)과 한(漢)나라 순우의(淳于意). 둘 다 명의로서 유명했음. 편작은 노(盧) 땅에 거주하였기 때문에 노의(盧醫)라고 하며, 순우의는 태창령(太倉令)을 지냈기 때문에 창공(倉公)이라고 한다.

78 손빈(孫臏)과 오기(吳起) : 모두 전국시대 병법가. 손빈은 손무(孫武)의 후손으로 『손빈병법(孫臏兵法)』을 남겼고, 오기는 『오자(吳子)』를 남겼다.

79 수화(水火) : 의학용어로서 심장과 콩팥을 말함.

(전체 글에서 음양을 논함에 남음이 있는데, 여기서는 생략한다.)

○기선생께 다시 올리다(再呈奇先生)

의술과 문장에 모두 공이 있어	醫術文章齊有功
묘한 말이 두통을 낳게 함을 일찍이 알았네	妙詞曾識愈頭風
고향 산 만 리로 봄에 돌아가면	鄉山萬里春歸去
원림에 살구나무 심고[80] 읊조리는 흥이 많으리다	種杏園中吟興濃

○학사 이선생의 사안 아래에 받들어 올리다(奉呈學士李先生詞案下) 대전춘철(大田春哲)의 배고(拜稿)

천지를 종횡하니 길이 끝이 없고	天地縱橫道不疆
많은 산과 물들은 생각에 방해되지 않네	千山萬水思無妨
푸른 솔과 흰 구름을 함께 보는 곳에서	青松白雪同眼處
어찌 시구 중에서 이방을 말하랴?	何底句中說異方

○춘철 수재에게 차운하다(次贈春哲秀才) 삼한(三韓) 동곽(東郭)

그대 집의 큰 복이 절로 끝이 없으니	爾家洪福自無疆

80 원림에 살구나무 심고 : 동봉(董奉 : 220-280)의 고사. 동봉은 장기(張機)와 화타(華陀)와 함께 '건안삼신의(建安三神醫) 중의 한 사람인데, 환자들에게 돈을 받지 않고 중증환자에게는 살구나무 5그루, 경증환자에게는 살구나무 1그루를 심게 하여 수년 만에 살구나무 숲을 얻어서, 그 수확으로 빈민들을 구제했다고 함.

고양에게 비교해도 또한 무방하리라 持比高陽也不妨
광인과 성인 모두 몽매함에서 처음을 양성했는데 狂聖皆從蒙養始
옛사람은 학문에서 방향을 아는 것을 귀히 여겼네 古人爲學貴知方

○대주서기 우삼동(雨森東)[81] 형께 받들어 올리다(奉贈對州書記雨森東兄) 기수부초(崎水浮艸) 대전동작(大田東作)

공(公)의 큰 명성이 바람처럼 진동해오니, 공을 받드는 자가 인호(鄰好)의 대사(大事)를 맡겨서 서기(書記)로서 사절(使節)을 따르게 했습니다. 실로 공과 같은 큰 기량이 아니라면 누가 이런 재능을 갖출 수 있겠습니까? 시절이 추위와 더위를 지나고, 길은 험난한 곳으로 나아가서, 천신만고의 상황에서 탈 없이 이 땅에 이르렀습니다. 국가대사는 말로 할 수 없으니 더욱 진중하시기를 바랍니다. 저는 예전에는 간비장기(干肥長崎)에 있었는데, 식형(識荊)[82]을 받은 후에 고향을 떠난 지 이미 십년입니다. 모습과 이름을 바꾸고서 동서로 떠돌면서 그 머물 곳을 알지 못했습니다. 속으로 자신과 세월을 살펴보니, 반백년이 지나도록 이름을 칭함이 없었습니다. 지금은 이 경내에서 대전동작(大田

81 우삼동(雨森東) : 우삼방주(雨森芳洲 : あめのもりほうしゅう). 본명은 준량등오랑동오랑성초(俊良藤五郎東五郎誠淸(のぶきよ)), 호는 방주(芳洲), 자는 백양(伯陽), 조선명(朝鮮名)은 우삼동(雨森東 : 1668-1755). 중국어와 조선어 통역관으로 강호시대(江戶時代) 중기의 일본의 대표적인 유자(儒者)였다.

82 식형(識荊) : 처음 면식(面識)했다는 경칭. 이백(李白)의 「여한형주서(與韓荊州書)」에 "제가 듣건대 천하의 담사(談士)들이 말하기를 "태어나서 만호후(萬戶侯)에 봉해지지 못하더라도, 다만 한형주(韓荊州 : 韓朝宗)를 한 번 면식하기를 바란다"고 했습니다"라고 했다.

東作)이라 부르는데, 재능 없는 초야의 의원입니다. 부끄럽고 부끄럽습니다. 이 때문에 옛 이름을 말하지 않았던 바인데, 여관에 갔으나 상견하지 못했습니다. 비록 그렇지만, 경모(景慕)함을 멈출 수가 없어서 절구 한 수를 지어서 여관에 받들어 부쳤습니다.

신묘년 10월 5일.

세상에 드문 뛰어난 명성을 먼저 오래 알았는데 希世英名先久知
성사(星使)를 수행하여 하늘 끝에 올랐다고 들었네 聞隨星使陟天涯
해산 만 리에 삼추를 보내며 海山萬里三秋歷
무한한 풍광을 얼마나 시에 들였던가? 無限風光幾入詩

○대전 사종의 안상에 받들어 답하다(奉酬大田詞宗案上)

방주(芳洲)의 배고(拜稿), 우삼동오랑(雨森東五郎)

뜻밖에 운전(雲牋)[83]이 손에 떨어져서 봉함을 열고 받들어 읽어보다가 얼굴에 상쾌한 바람이 일어남을 문득 깨달았습니다. 공(公)은 장기(長崎) 출신으로서 이 번화한 곳으로 와서 거주하십니다. 게다가 산중상업(山中相業)[84]으로써 온 나라의 큰 명망을 이루었습니다. 남아의 상

83 운전(雲牋) : 구름 문양이 있는 종이. 편지를 말함.

84 산중상업(山中相業) : 산중재상(山中宰相)과 같음. 남조(南朝) 양(梁)나라 도홍경(陶弘景)이 구용(句容) 구곡산(句曲山)에 은거했는데, 양무제(梁武帝)가 불러도 나오지 않았음. 국가에 큰 일이 있으면 매번 그에게 자문을 구하였는데, 당시 사람들이 '산중재상'이라 했음.

봉지지(桑蓬之志)[85]가 이에 만족하게 되었습니다. 저는 본래 미천한 보잘것없는 사람으로서 풍진(風塵) 속을 내달리는데, 성대한 칭송은 실로 감당할 바가 아닙니다. 무엇 때문에 족하에게서 이런 것을 얻게 되었는지 모르겠습니다. 베풂이 있는데 보답이 없으면, 공손하지 못할까 두려워서 감히 회포를 진술하여 애오라지 모과(木瓜)로 대신할까 하오니 부디 죄로 삼지 마시기를 바랍니다.

객로의 험난함을 다만 스스로 아는데 官路險難唯自知
하물며 가을이 다함을 만나니 그리움이 끝없네 況逢秋盡思無涯
화려한 당에서 잠시 세 잔 술에 취하니 華堂聊醉三盃酒
어찌 뒤에서 한 수 시가 없음을 부끄러워하겠는가? 奚背愧無一首詩
(신묘년 맹동(孟冬) 초5일, 선송원(仙松院) 안에서 쓰다.)

○중동(仲冬) 29일, 한사(韓使)의 귀절(歸節)[86]이 서쪽을 향하다가 다시 미부(尾府) 빈관(賓館)에 머물렀다. 곧 선송원(仙松院)에서 우삼방주(雨森芳洲)를 만나서 율시 한 수를 적어서 올렸다. 동작(東作)

일찍이 풍채를 공경하여 길에 나와 맞으니 曾顒丰采出途迎

85 상봉지지(桑蓬之志) : 남아가 안일을 탐하지 않고 사방에서 활동하여 공명을 이루려는 의지.

86 귀절(歸節) : 사신이 절(節)을 가지고 출사(出使)했다가, 명을 완수하고 임금에게 절을 돌려주는 것.

경계하는 소리를 친히 접함이 어찌 기쁘지 않으랴? 豈不悅親接警聲
경개하여 상봉의 즐거움을 이루지 못했는데 傾蓋未爲相遇樂
갈림길에 임해 다시 이별의 정을 품네 臨岐還抱別離情
역사의 길에선 매사(梅使)[87]가 통신사를 위로하는데 驛途梅使慰通信
객사에 부평초의 몸이 마침 기생했네 客舍萍身會寄生
눈 속의 담화가 곡진하기 어려운데 雪裏立談難盡曲
마당의 소나무 가리키며 세한의 맹세[88]를 하네 庭松誓指歲寒盟

(잠시 마주하여 대화하는데, 빈당(賓堂)의 모임이 여기에서 이미 시작되었다고 알려왔다. 서둘러 서로 이별하느라고 화답을 청할 겨를이 없었다.)

○우삼동 장인께 받들어 부치다(奉寄雨森東丈人) 창권서계(蒼卷恕溪)

만 리 엄동의 저녁에 萬里嚴冬暮
멀리 사절을 수행하여 왔네 遠隨使節來
풍아객(風雅客)[89]을 볼 것을 상상하니 想看風雅客
출중한 재능이라고 들었네 聞說出群才
소리 끊긴 구름 사이의 기러기 聲斷雲間雁
향기로운 찬 눈 속의 매화 香寒雪裏梅

87 매사(梅使) : 매화를 전달하는 역사(驛使). 매화의 이칭이기도 함.
88 소나무 가리키며 세한의 맹세 : 겨울에도 변치 않는 소나무와 같은 지절을 말함.
89 풍아객(風雅客) : 풍치 있고 고아한 사람. 혹은 문인을 말함.

비단옷 입고 고국에 돌아가면　　錦衣歸故國
친척들과 남은 잔을 다 마시리라　　親戚盡餘盃

○서계 사백께 차운하여 사례하다(次奉謝恕溪詞伯) 방주(芳洲)

여윈 말과 피곤한 나그네가　　瘦馬倦游客
험한 길을 눈발 뚫고 왔네　　崎嶇衝雪來
다행히 화전자(畫錢字)로 인하여　　賴因畫錢字
조빙(彫氷)의 재능을 깊이 사모하네　　深慕彫氷才
당에선 구지촉(九枝燭)[90]의 심지를 자르고　　堂剪九枝燭
마당엔 반송이 매화가 피었네　　庭開半朶梅
좋은 모임에 동반할 인연이 없어　　無緣拌勝會
다만 스스로 기울어진 술잔을 애석해하네　　徒自惜傾盃

○행장(行裝)이 장려(壯麗)함은 필극(筆戟)과 문기(文旗)이고, 빈관(賓館)에 넘치는 것은 육림(肉林)과 주지(酒池)이네

삼한(三韓) 사절 통신사 있는 곳에
양국이 즐겁게 예를 마친 때이네.
임진년 봄, 의춘당(宜春堂)이 제(題)하다.

90 구지촉(九枝燭) : 구지등(九枝燈). 한 촛대에 9가지가 있는 촛불.

尾陽唱和錄

辛卯韓人來聘 名古屋市蓬左文庫所藏 一册

正德元年辛卯, 朝鮮來聘

正使 通政大夫吏曹參議知制敎趙泰億, 字大年, 號謙齋, 又平泉

副使 通訓大夫·弘文館典翰·知制敎兼經筵侍讀·春秋館編修官任守幹, 字用譽, 號靖菴, 又青坪

從事 通訓大夫·弘文館校理·知制敎·行經筵侍讀·春秋館記注李邦彦, 字美伯, 號南岡

上上官 三使文通事 同知 李碩獜, 僉知 李松年, 僉知 金指南

上判事 日本朝鮮文通事 洪爵明 玄德潤 鄭昌周 金是樑 崔漢鎭 金顯門

學士 制述官 前佐郎 李礥, 號東郭

醫師 良醫 奇斗文, 號嘗百軒. 玄萬奎 李渭

押物判事 音物文役 朴泰信 金時璞 趙得賢

寫字官 李壽長 李爾芳

書師 朴東普

軍官 李詻 金鎰英 李行儉 趙健 韓範錫 柳濬 金世珍 韓潤基

書記 洪舜衍 嚴漢重 南聖重

軍官 閔濟章 鄭壽松 趙儐 鄭纘述 申震熽 劉廷佐 張文翰 任道升 卞

景利 金斗明 嚴漢佑
馬上才 池起澤 李斗興
馬醫 安英敏
樂人 金碩謙 金世珍

○『朝鮮國王 李焞 奉書』
日本國王 殿下
聘問之濶, 倏焉一世, 竊承殿下, 光紹基圖, 誕救區域, 其於隣好, 曷勝欣聳, 肆馳耑价, 庸擧信儀, 修睦致慶, 式僚故常, 仍將菲品, 聊寓遠忱, 惟冀益懋, 令猷永固, 交誼不備.
辛卯年正月
朝鮮國王 李焞

○『日本國王 源家宣 奉復書』
朝鮮國王 殿下
玉燭時和, 應二儀之交泰, 寶隣世睦, 講百年之欣懽. 禮幣旣豊, 書辭旦縟, 其於感懌, 罔罄敷陣, 有少謝儀, 附諸歸使, 願符善禱.
永介純釐, 不備.
正德元年辛卯十一月
日本國王, 源家宣

○『正德元年十月五日, 朝鮮之聘使來至于尾州起驛. 此日, 天寒雨降, 人馬漂於泥途. 偶從事李公有小恙, 使醫工林春菴候之, 談餘, 裁一絶而贈焉.』
留別林春菴. 南岡
寒雨蕭蕭古驛樓, 客行將發暫淹留. 逢君幸得新知樂, 奈此臨歧抱別愁.

此夜三更, 三使入尾府賓堂, 明曉發道, 旆至于尾參堺川, 書於茶亭, 而與霜落前, 山江樹空, 布帆無恙, ○秋風北行, 不爲鴨集 亦○雲山入別中

靖菴

百過偏知去, 面背探眞容. 勝賞未云足, 客中瞻雪峰.

東韓槎客題

十一月晦日, 使節旋西復至于尾陽鳴海驛. 或將水仙·山茶花·寒菊揷竹筒而贈三使君.

謝鳴海驛亭隱君子雪中送花 平泉

誰將雪裏花, 揷此青青竹. 持以乞吾詩, 知君應不俗.

○『謝鳴海主人贈蘭·菊·冬柏 靖菴』

東征萬里復西還, 舊館風光暫破顔. 誰折芳華貽遠客? 歲寒春在竹筒間.

○『謝鳴海主人贈蘭·菊·冬柏 南岡』

春蘭秋菊兼冬柏, 花事如何共一時? 多謝主人供遠客, 雪中三嗅爲題詩.

○『中冬晦日, 通信賓堂上, 與良醫奇斗文筆語而論醫術之餘, 奉呈學士李公詞案. 倪弘拜艸 竹田三益』

不隔東西萬里濤, 聲名洋溢仰英豪. 源通洙泗遡洄遠, 雲遶蓬瀛度越高. 異域雪霜雙白鬢, 大虛風月一彤毫. 歸期無奈來期鳳, 此去明朝千仞翺.

○『奉次倪弘詞伯韻 三韓東郭稿』

傲眼杯肴汰日濤, 鬓毛凋盡氣猶豪. 雲蹤跌宕扶桑過, 詩骨崢嶸富

嶽高. 自是奇遊眞愜意, 等閑餘事總如毫. 西歸定有相思夢, 遠逐春鴻海上翱.

○『呈醫官奇公 倪弘稿』

異鄕踏遍海東天, 妙術入神過化全. 採藥歸時笠將重, 仙風飜雪富山邊.

無和

○『奉贈異域高客 立家養見拜稿』

春浮東海歷秋冬, 雲水沈心幾許重. 從是往還應刻曰, 故園夢覺一樓鐘.

○『又』

朝鮮本與扶桑鄰, 渺渺驚波難斷雲. 不憶今晨旣捧袂, 相逢千里異鄕君.

○『奉謝養見詞伯韻 三韓東郭稿』

高秋行色又深冬, 前後危檣山海重. 明日郵程知又遠, 坐燒孤燭待晨鐘.

○『又』

一見猶欣德照鄰, 寺樓淸磬響寒雲. 嗟吾舊疾難醫得, 時後神方欲問君.

兩東鄰好, 大禮就, 而三官使駐歸輿於尾府之賓館, 珍重萬萬. 不佞, 姓橫田, 名宗益, 號湍水軒, 有邦君命倍侍座下, 幸相見斗文奇先生, 曾聞先生國手才名, 企望日久矣 今夕接攜, 恰如逢久旱初雨. 不佞, 以瘍科爲業. 雖然, 譾才薄識, 而治療術未得奇效者數條. 伏乞無惜南車, 手欣躍秘受.

橫田宗益

○『斗文』

僕庸才, 何敢應子之需. 雖然, 嘗所試者, 亦不可默. 請論其略. (此間, 治療術·藥劑方問答數條, 略之)

○『奉嘗百軒奇先生 湍水軒』

美譽芳名愜素聞, 青囊奇法獨因君. 明朝別後儻締夢, 飛入西鮮日暮雲.

○『斗文』

行役困倦之餘, 數三條目及四韻律, 千辛萬苦, 僅僅奉次, 書紙之人紛紛甚於楚漢, 精神散亂, 不知所措, 猶若眩暈之症, 少移時, 更屬精神, 從容奉次耳.

○『湍水軒』

不佞, 不顧君之長途勞, 請十年之話, 實不敬之甚也. 雖然, 萍水相逢, 再會也不可期. 是, 不佞不得止者, 所以請問也. 敢謝敢謝.

○『敬次湍水軒 斗文』

東海奇才天下聞, 陰陽講確正逢君. 淸談未了夜將曙, 回首頻望別路雲.

遠日行役, 精神疲困之餘, 到處醫論, 或看病問症, 將至百人, 一縷精神, 尤爲昏惽, 如此拙作, 奉次置之右, 時時爲笑資, 可也.

○『悴奉寄韓國過客 潛齊 幡野養源』

把酒寫情水陸間, 幾緣兒女憶鄉關. 客中縱有好風景, 何似故園共醉顔?

○『次奉潛齊丈案 三韓東郭』

一年長在道途間, 又著征鞭出武關. 自是丈夫心坦蕩, 備嘗辛苦亦歡顔.

○『坦軒野恒 野中彦左衛門』

聽榮旋之時, 幸見再憩於尾州起邑驛, 因汚嚮赴東關曰, 留別醫工林春菴之韻礎, 卒呈座右, 伏丐郢斧, 如惠疊步幸甚.

緹岑雲遠李書樓, 西過舟梁去不留. 行滿奚囊詩幾體, 一章新曲過雲愁.

(蓋聽李溪後, 唐人, 家有奇書萬卷, 時號李書樓. 起邑新造舟梁, 故句云爾.)

○『特呈一絶於東郭李學士, 請淬圓鋒以見, 乞與淸新之和篇, 併乞郢斧一莞 坦軒』

老聃曾著五千字, 逸少寫來換鵝群. 假饒如今微道士, 人猶藏棄孟公文.

○『走次坦軒詞伯韻 三韓東郭拜稿』

蕭蕭風雪驛南樓, 爲和新篇旦□留, 珍重一言堪替面, 臨行還覺動離愁.

○『同』

寄詩生面眞高義, 亦見高才逈出群. 我正西歸君且遠, 一樽安得共論文?

○『奉贈朝鮮學士東郭老先生 尾陽東輪天麟頭陀稿』

北京三傑昔聞聲, 今見雄藩有此鄕. 咳唾文瀾平地湧, 塗鴉飛瀑潑天驚. 一吟泉石生光耀, 千里海山勒姓名. 願我將甎換趙璧, 收藏蓬蓽擬連城.

○『遙次天麟詞伯寄示韻 三韓東郭拜稿』

世上無人識爨聲, 士甘窮餓不公卿. 駒騰冀野雙蹄逸, 鶴下瑤琀衆目驚. 千里詩來知意厚, 八叉才俊仰高名. 此行慙負臨歧別, 怊悵音容隔海城.

歲在黑龍仲春上浣

○『呈學士李公 寓東輪濤百川艸』

半歲半經六六州, 夢魂幾度賦刀頭. 莫言海外無祖餞 勝槪吟將載歸舟

○『遙次濤百川詞仙韻 三韓東郭稿』

聞君詩律擅西州, 恥向宣城讓一頭. 和罷新篇淸不寢, 海天明月臥孤舟.

○『奉呈學士東郭李公 瑞哲 健溪葛卷長賴拜』

遠□嚴命向西回, 詩思入神七步才. 臘月明朝春意動, 幽香伴客雪中梅.

○『遙次健溪詞伯寄示韻 東郭』

忙把新詩咏百回, 始知東域有奇才. 淸高品格吾何比, 玉骨瓊葩傲雪梅.

○『奉呈東郭李公 源藏 恕溪葛卷長庸拜』

一去武城幾月程, 波平萬里錦帆輕. 文星落地動東海, 千歲長留豪傑名.

○『遙次恕溪詞伯寄示韻 東郭』

海國舟行自有程, 片帆超忽一身輕. 瓊琚誰向行人寄, 猶記溪翁舊姓名.

○『謹賦俚語三章, 奉呈朝鮮國三使君詩壇, 伏蕲笑覽 曰東草臣大田東作稿』

其一

善鄰使節向蓬萊, 整整行裝觀壯哉. 奉命英名鳴二國, 落毫文彩耀三台. 鼓吹古聽高麗曲, 冠服今依盛漢裁. 瞻仰徒添河岳念, 海容勿罪獻卑才.

其二

雲開寶轎望台儀, 文武送迎簇滿歧. 日影半遮張翠蓋, 春光一帶列朱旗. 仁柔禮順爲風俗, 箕蹟周封創業基. 道所存唯緣貴國, 近聞華夏變於夷.

其三

殊方跋涉幾多州? 何處景光慰旅眸? 寒暑一年驚歲晩, 煙波萬里促歸謀. 江山有興吟隨作, 郡國識名迹永留. 弊邑雖無詩料獻, 幸揮巨筆資風流.

○『酬謝大田秀才見贈之韻 平泉稿』

海外神山是丈萊, 仙査遊賞儘奇哉. 境超康樂曾臨嶠, 詞謝興公舊賦台. 王事半年猶未了, 客懷殘臘倍難裁. 淸詩解置愁時意, 知子翩翩不世才.

○『走次太田秀才韻 靖菴』

風霜異域悴容儀, 遠客支離滿路岐. 歲暮江邊淹玉節, 天寒浪泊返牙旗. 行役釋氏新修宇, 過夷徐生舊創基. 吾道悠悠浮海外, 孤忠自視政如夷.

○『走次大田東君韻 南岡散人』

東來歷遍幾名州, 海上風煙媚客眸. 貫月星査重遠泛, 栽花錦石最良謀. 一年徂序今將盡, 萬里殊方豈久留. 忽喜陽春聞妙曲, 知君詞彩出凡流.

○『奉呈李學士詞案下 大田東作拜稿』

大名曾聞古韓公, 魁選當知一世雄. 孔席三年唯入室, 聖牆數仞孰窺宮. 青雲得意覩星斗, 蒼海浮杯來曰東. 處處翰場花發筆, 玄冬自若坐春風.

○『請勞公之手筆爲吾弊廬大顏』

奉次大田東作詞伯韻 三韓東郭稿

老子文章媿鉅公, 詞源敢比洞庭雄. 芳蓮一採輝金榜, 丹桂重攀入月宮. 符竹曾分圻甸外, 仙査晚滯海天東. 王程有力驅人去, 水驛行裝又北風.

○『奉謝李學士 大田東作者回仰 星駕於尾陽, 雖自知雲漢不可親, 渴慕不得止, 而裁微衷具, 電矚, 且乞得勞公之手筆而, 扁吾蝸廬. 公之寬仁如海, 不殘塵芥, 乍揮巨筆, 書'宜春堂'之三大字而賜焉. 尙襲以瓊琚之和, 嗚呼! 木瓜之獻, 何其報之盛也乎? 謝意欲陣, 而道旆旣指西京, 偶有雲鴻, 便附短紙以聊謝厚眷.』

淸旆先時過尾境, 微軀何幸荷顧情. 高堂逈仰德星會, 寒谷乍回春日榮. 大字扁廬爲赤幟, 瓊章照屋抵連城. 字勢翩翩將飛去, 攀翼追君至帝京.

○『遙次大田詞伯寄示韻 東郭稿』

老大全抛少日業, 猥將荒墨托交情. 虛名自愧楣間字, 聖奘還召分外榮. 顧我才非王逸少, 愛君詩似謝宣城. 卽知州府非賢路, 會見亨衢接武京.

歲黑龍仲春上浣

○『呈醫官奇先生 大田東作稿』

華陀妙思鬼先駭, 神術誰圖入至微. 方外傳名隨使節, 嚢中探秘弄天機. 李張內外證詳辨, 朱薛陰陽論豈違. 到處回生濟世手, 須知君別領春暉.

○『奉酬大田醫師 三韓良醫嘗百軒』

平生小術慚疎淺, 焉有神方闡妙微? 欲識盧倉治病法, 須如臏起用兵機. 陰陽水火看宜細, 生死安危驗莫違. 知子一心存濟衆, 可令寒谷遍春暉.

(通書論陰陽有餘, 略于此)

○『再呈奇先生』

醫術文章齊有功, 妙詞曾識愈頭風. 鄕山萬里春歸去, 種杏園中吟興濃.

○『奉呈學士李先生詞案下 大田春哲拜稿』

天地縱橫道不疆, 千山萬水思無妨. 青松白雪同眼處, 何底句中說異方?

○『次贈春哲秀才 三韓東郭』

爾家洪福自無疆, 持比高陽也不妨. 狂聖皆從蒙養始, 古人爲學貴知方.

○『奉贈對州書記雨森東兄 崎水浮艸大田東作』

公之大名, 風動來. 因承公者回任鄰好之大事, 以書記從使節, 實知非公之大器者, 誰備此具乎? 時經寒燠, 路陟艱險, 千苦萬勞之狀, 無恙而至此地. 國家之大事, 不可言也. 珍重萬萬. 僕舊在于肥長崎, 而被識荊後出鄕, 既十年. 形名改變, 西東漂迫, 不知其止所也. 潛省身歲垂半百, 名無稱, 而今在此境, 号大田東作, 無賴之草豎也. 慚愧慚愧. 是, 所以不言舊名, 就于舘而不相見者也. 雖然, 景慕不得止, 而賦一絶, 而奉寄旅館云爾.

辛卯十月五日

○『希世英名先久知, 聞隨星使陟天涯. 海山萬里三秋歷, 無限風光幾入詩.』

○『奉酬大田詞宗案上 芳洲拜稿 雨森果五郎』

匪意所圖, 雲牋落手, 披緘捧讀, 頓覺爽風之生頰也. 公以長崎之産, 而來住于此繁華之地. 且以山中相業爲一邦之巨望. 男兒桑蓬之志, 於是乎, 足矣, 僕固撲樕小品, 驅馳風塵, 殷殷裝譽, 實非所當. 不知何以得此於□足下哉. 有施無報, 恐近不恭, 敢將述懷, 聊代木瓜, 幸勿罪焉.

官路險難唯自知, 況逢秋盡思無涯. 華堂聊醉三盃酒, 奚背傀無一首詩.

辛卯孟冬初五日, 書於仙松院中

○『仲冬廿九日, 韓使之歸節指西, 而復駐于尾府賓舘. 仍逢雨森芳洲於仙松院, 錄一律呈. 東作』

曾顆手采出途迎, 豈不悅親接謦聲? 傾蓋未爲相遇樂, 臨歧還抱別離情. 驛途梅使慰通信, 客舍萍身會寄生. 雪裏立談難盡曲, 庭松誓指歲寒盟.

晤語暫時而告來, 賓堂之會, 旣初於此. 忽忽相別, 不遑請和

○『奉寄雨森東丈人 蒼卷恕溪』

萬皇嚴冬暮, 遠隨使節來. 想看風雅客, 聞說出群才. 聲斷雲間雁, 香寒雪裏梅. 錦衣歸故國, 親戚盡餘盃.

○『次奉謝恕溪詞伯 芳洲』

瘦馬倦游客, 崎嶇衝雪來. 賴因畫錢字, 深慕彫永才. 堂剪九枝燭, 庭開半朶梅. 無緣拌勝會, 徒自惜傾盃.

○『行裝壯麗, 筆戟文旗, 賓舘饒汰, 肉林酒池.』

三韓使節通信處

兩國交懽禮暨時

任辰春, 宜春堂題

상한의담
桑韓醫談

특성화된 본격 의원필담(醫員筆談)이 정리되는 출발점

1711년 제8차 '신묘(辛卯)통신사'의 조선 양의(良醫) 기두문(奇斗文)과 일본 기후현(岐阜縣) 오가키(大垣)의 의원인 기타오 슌포(北尾春圃, 1658-1741) 사이의 필담을 정리한 책이다.

기두문의 호는 상백헌(嘗百軒)이고, 벼슬은 조산대부(朝散大夫) 전연사 직장(典涓司直長)인데, 『해행총재(海行摠載)』 중 임수간(任守幹, 1665-1721)의 『동사일기(東槎日記)』 건(乾)권 「신묘통신사좌목(辛卯通信使座目)」 제일선(第一船) 항목에는 기두문에 대해 '가정의원(加定議員) 전직장(前直長)'으로 기록되어 있다. 그는 서울 장의동(壯義洞)에 살았고, 1710년에 의원이 되었다.

기타오 슌포의 자는 육인(育仁)이고, 호는 당장암(當壯菴)인데, 대대로 의원을 하는 집안에서 태어나 가학(家學)으로 의술을 전수받은 당시 일본의 유명한 의원이자 의학자이다. 그는 맥진(脈診)의 대가(大家)로 알려져 있으며, 저서에 『제이담(提耳談)』과 『찰병정의론(察病精義論)』이 있다. 또한 자신에 대한 긍지가 높아 어떤 고관 귀인이라도 배웅하지 않았다는 일화로 유명하다.

슌포는 사행 초기부터 대마도의 아메노모리 호슈(雨森芳洲)에게 부탁해 아들 3명과 함께 기두문을 만나려고 몇 차례 시도했지만 뜻을 이루지 못했다. 이들은 결국 신묘통신사의 귀국 길인 1711년 음력 12월 1일 밤에 조선통신사의 숙소였던 오가키의 젠쇼지(全昌寺)에서 만나 필담을 나누었는데, 『상한의담』은 그 내용과 부록으로 구성되어 있다. 부록은 기타오 슌포가 아들 5명 중 의술을 가르치고자 했던 첫째 슌치쿠(春竹), 둘째 슌린(春倫), 셋째 도우센(道仙)과 나눈 의학 관련 문답이다. 이들 3명 외에 기타오 슌포에게는 슌오쓰(春乙)와 슌다쓰(春達)라는 아들 2명이 더 있었는데, 이 당시 이들은 어려서 필담을 나누는 자리에 참석하지 못했지만, 1719년 제9차 '기해(己亥)통신사'가 일본을 방문했을 때는 아들들이 모두 의업에 종사했고, 신유한(申維翰, 1681-?)과 창수를 했다는 기록이 『해유록(海遊錄)』에 있다. 『상한의담』의 서지 사항을 정리하면 다음과 같다.

	『상한의담』
구성	1책 2권 (卷上, 卷下) 서문: 桑韓醫談序 (北尾權春倫書) 발문: (岡行義)
분량	45장 (표지 포함) 85면 (매면 9행, 매행 18자)
표제	桑韓醫談
권수제	桑韓醫談卷上 桑韓醫談卷下
간종	無界 목판본 (版心題: 桑韓醫談)
간행년 (간행처)	1713년 음력 1월 1일 (皇都書肆 萬屋喜兵衛板行)
소장처	國立中央圖書館 Harvard University (TJ7999 1756)

이 책은 서문, 본문, 발문의 순서가 정연하고 보존 상태도 양호하다. 또한 책의 각 구성 부분이 끝나는 부분에도 "上卷終", "桑韓醫談畢" "桑韓醫談附錄畢" 등을 표시해 참고에 어려움이 없다. 서문을 참고하면, 이는 기타오 슌포의 둘째 아들이자 의원인 슌린이 필담을 정리하고 간행하는 데 주도적 역할을 담당했기 때문에 가능했던 것이다. 발문을 쓴 오카 유키요시(岡行義)는 의원은 아니고, 평소 이들 부자(父子)와 친분이 있던 사람이다. 본문 내용 중 앞부분에 인삼(人蔘)과 사삼(沙蔘), 만삼(蔓蔘) 등의 구별법 및 약성(藥性)과 관련된 문답이 나오는데, 10면과 12면에 그 약물도(藥物圖)가 수록되어 있다. 사물에 대한 일본인들의 호기심과 꼼꼼한 정리는 『왜한삼재도회(倭漢三才圖會)』를 통해서도 익히 알 수 있는 만큼, 그 연장선상에서 당시 본초학(本草學)과 연관된 흥미로운 자료이다.

이 책의 내용은 병증(病症)에 따른 치험례(治驗例) 위주인데, 기타오 슌포의 필담 내용이 주를 이루고, 물음 부분에서 자신의 치험례를 소개하는 데 대부분을 할애하고 있다. 상권에서는 약물(藥物)과 관련해서 사삼(沙蔘) 구별법, 사삼과 제니(薺苨)의 차이점, 만인삼(蔓人蔘) 구별법, 사삼(沙蔘)의 인삼 대용(代用)법과 그 효과, 위유(萎蕤)의 구별법, 위유의 인삼·황기(黃芪) 대용법과 그 효과 등을 다루었다. 치험례와 관련해서 습(濕)·열(熱)·담(痰)에 의한 병증(病症)과 그 치료법, 소아(小兒)의 감리(疳痢)·감안(疳眼)과 그 치료법, 상한(傷寒)을 앓는 33세 남자의 치험례 및 기두문의 치료, 노채(癆瘵)·전시(傳屍)의 치료법과 조선에도 있는지 여부, 상한·온열(溫熱)에 장결(臟結)한 사람의 치험례 및 치료법, 상한·온열의 축혈증(蓄血症) 치험례 및 치료법, 기타오 슌포가 정리한 의론6조(醫論六條)와 기두문의 화답 등이 수록되어 있다.

하권은 치법(治法)과 의론(醫論)이 그 내용의 주를 이룬다. 치법과 관련해서 비위(脾胃) 관련 50세 남자 치험례 2가지와 치료법, 보양(補陽) 관련 55세 남자 치험례와 치료법, 맥절(脈絶)·맥평(脈平) 관련 30·35·58세 남자 치험례와 치료법, 실사허자(實似虛者) 관련 25세 부인·30세 남자 치험례와 치료법, 미발지화(未發之火) 관련 40세 남자 치험례와 치료법, 가화(假火) 관련 40세 남자·25세 부인 치험례와 치료법, 음양여권형(陰陽如權衡) 관련 35세 남자 치험례와 치료법, 화극사수(火極似水) 관련 소아 열병(熱病) 치험례와 치료법, 가화로 인한 열증(熱症) 치료법, 허증(虛症) 관련 30세 부인·30세 남자 치험례 및 치료법, 증세에 따른 치료법의 조화 강조, 이상의 치험례와 치료법에 대한 기두문의 극찬(極讚) 등의 내용으로 구성되어 있다. 의론 관련 내용은 진양(眞陽)과 솥의 비유, 소·장화(少·壯火)에 대한 의견, 명문(命門)의 진양과 진음(眞陰)에 대한 설명, 원기(元氣)와 등불의 비유, 신간동기(腎間動氣)의 개념, 원기(元氣)와 소화·장화의 관계, 명문의 화(火)와 등불의 비유, 음양(陰陽) 조화의 중요성, 의원들이 한(漢)·당(唐)대만 좇는 이유와 동양의학 발전사, 명(明)대 공정현(龔廷賢)에 대한 평가, 한·당대 의론의 중요성 설명, 음화(陰火)·양화(陽火)의 설명, 음양 조화의 중요성 등이다.

이 책은 '확인을 위한 문답' 방식을 취하고 있다. 따라서 장황한 질문에 비해 기두문의 답변이 매우 간결하다. 이는 혼란스러운 사행 분위기 때문에 양국 의원들 간에 만남의 기회가 짧았던 것과 기두문의 과도한 업무에 기인한 것이다. 내용상 '치험례'적 내용을 바탕으로 의

학을 현실과 접목시키려는 태도를 보여주고, 각종 병증과 약재, 처방에 대한 내용이 매우 자세하다는 특성을 지녔다.

상한의담

기타오 슌포(北尾春圃)[1]

상한의담 서

대체로 의술은 성신(聖神)[2]에게서 비롯되었는데, 거듭 온 통인(通人)[3] 달재(達才)[4]들이 번갈아 일어나 그 실마리를 잇고 그 모아둔 것을 일으켰다. 글로 지은 것은 막대한 계획으로써 후세(後世)가 평소 어려움을 근본삼은 것인데, 선철(先哲)[5]이 각각 얻은 것을 취하여 일가(一家)의 학문을 이룬다면, 의도(醫道)가 할 수 있는 일을 마칠 것이다. 내 아버지 당장암(當壯菴)께서는 나이 50을 넘기셨다. 늘 나와 형과 아우에게 "의원의 기술은 허실(虛實)[6]을 아는 것으로 요점을 삼아야한다. 나는

1 기타오 슌포(北尾春圃, 1658-1741) : 대대로 의원을 하는 집안에서 태어나 가학으로 의술을 전수받은 유명한 의학자. 저서에 『제이담(提耳談)』, 『당장암가방구해(當壯菴家方口解)』, 『상지조어(上池釣魚)』, 『찰병정의론(察病精義論)』 등이 있음.

2 성신(聖神) : 지덕(知德)이 뛰어난 성인(聖人).

3 통인(通人) : 학식이 깊고 넓어 사물의 이치에 통달한 사람.

4 달재(達才) : 널리 사리에 통달한 사람.

5 선철(先哲) : 옛날의 어질고 사리에 밝은 사람.

병에 임하여 '손가락 아래는 환히 알기 어렵다.'는 말을 생각하며, 명치의 허실을 진찰했고, 신간동기(腎間動氣)[7]를 찾아 명문(命門)[8]의 약함이나 약하지 않음을 살폈다. 그런 뒤에 허실을 알아 끊임없이 발전했다. 비록 깨달아 안 바가 있는 것 같았지만, 사진(四診)[9]을 멀리할 수 없었고, 순식간에 30년이 지났다. 늘그막에 해는 이미 떨어지고, 한창 나이는 뒤따르기 어려우니 어찌 탄식하지 않겠는가? 가끔 집에 들어가 그 아들과 아우를 위해 그 아비와 형의 병을 봐주었는데, 몸가짐에 다함이 없었다. 약을 집행함에는 눈물을 버렸는데, 의술을 업으로 삼는 사람이 이익을 꾀하고 명예를 돌아보며 그것을 대한다면 인술(仁術)이라 말하겠는가? 바라건대, 이익 때문에 의로움을 더럽히거나 욕심 때문에 행실을 그르치지 않아야 할 것이다. 어떤 사람이 말하기를 '의원은 단지 병만 볼 수 있으니, 외물(外物)[10]은 보지도 말라.'고 했는데, 지극하구나! 이 말이여! 의도(醫道)를 아는 사람이라고 말할 수 있다. 아이들도 내 뜻을 이어 삼가 게으르지 말아야 한다."고 일러주셨다. 아! 내 아버지께서 의술에 뜻을 두신 간절함이 비록 이와 같으나, 타고난 소질이 무디고 어리석으며, 재능도 평범함에 지나지 않아 가

6 허실(虛實) : 8강에서 몸의 정기와 사기가 왕성하고 약한 것에 의해서 구분한 허증(虛證)과 실증(實證).

7 신간동기(腎間動氣) : 양쪽 콩팥 사이에 있는 진기(眞氣).

8 명문(命門) : 우신(右腎). 사람의 정기(精氣)가 모이는 곳인 데서 이름. 생명의 근본.

9 사진(四診) : 망(望)·문(聞)·문(問)·절진(切診) 4종류의 진찰 방법을 합칭한 것. '사진'은 반드시 결합해 활용하고, 상호 참고해야만 전면적으로 병세를 이해할 수 있으며, 변증(辨證)과 치료에 충분한 근거를 제공할 수 있음.

10 외물(外物) : 물욕(物慾), 부귀(富貴), 명리(名利) 등 심신(心身) 이외의 사물.

려취하는 것에 만족할 줄 몰랐다. 그러나 앞서 이치를 깨달은 사람에게 스스로 얻은 요점이 다행히 있었기 때문에 잘못된 치료로 사람을 죽이는 것에는 이르지 않았을 뿐이다. 지난해인 신묘년(1711)에 조선통신사가 우리나라에 찾아와 노슈(濃州)[11] 오가키(大垣)[12]에서 때마침 묵었다. 내 아버지와 그 나라 의관 기두문(奇斗文)[13]이 이치를 논하고 병에 대해 물었는데, 기술한 말이 책을 이루었다. 에도의 어느 책가게에서 판목에 새길 것을 몇 차례 요청했고, 이에 나와 형과 아우는 아버지께서 의논하신 것과 함께 기록을 덧붙여 그것을 필요로 하는 데 내주어 응한다.

때는
정덕[14] 임진(1712) 7월 초하루
기타오 슌린(北尾權春倫)은 쓰노라.

11 노슈(濃州) : 일본 전국시대 미노노쿠니(美濃國)의 주 이름. 현재 기후(岐阜) 남부.

12 오가키(大垣) : 현재 기후현(岐阜縣) 오가키시(大垣市) 지역.

13 기두문(奇斗文) : 조선 의관으로 서울 장의동(壯義洞)에 살았으며, 숙종 37년(1710)에 의원이 되어 이듬해 통신사를 따라 일본으로 건너갔었음.

14 정덕(正德) : 일본 제114대 나카미카도(中御門) 천황의 연호. 재위 1711-1716.

상한의담(桑韓醫談) 권상(卷上)

정덕 원년 신묘년(1711) 음력12월 초하루 밤에 노슈(濃州) 오가키(大垣) 도원산(桃源山) 젠쇼지(全昌寺)[15]에서 조선국 기두문(奇斗文)과 만났다.

명함:

제 성은 등씨 기타오(藤氏北尾)이고, 이름은 슌포(春圃)이며, 자는 육인(育仁)이고, 호는 당장암(當壯菴)입니다.

여쭈었다.

매우 먼 곳까지 별고 없이 왕래하시니 참으로 축하드릴 만합니다. 저는 노슈 오가키의 저자에서 숨어 지내는 못난 의원입니다. 지난번 마도(馬島)[16] 아에노모리 호슈(雨森芳洲)[17]를 따라 제 아들 셋을 이끌고 학사(學士)[18], 서기[19]께서 계신 숙소에서 뵙기를 청하고자 하였으

15 젠쇼지(全昌寺) : 기후현 히코네성(彦根城) 근처에 있는 절. 원래 이곳 번주(藩主)였던 이이나오마사(井伊直政)부인의 보제사(菩提寺)였음.

16 마도(馬島) : 쓰시마(對馬島).

17 아에노모리 호슈(雨森芳洲, 1668-1755) : 1689년 쓰시마번에 임관하여 조선과의 외교를 담당하였고, 동문인 아라이 하쿠세키가 도쿠가와 장군을 일본의 국왕으로 표현한 것을 비난한 '왕호사건'으로 유명함. 특히 부산 왜관에 와서 3년간 조선어를 공부하고 대마도로 돌아가 1727년에 3년 과정의 '조선어학교'를 개소할 정도로 조선과 유학을 숭배하였으며, 그로 인해 일본 최초로 한글 교습소가 대마도에 생기기도 하였음.

18 학사(學士) : 제술관(製述官) 이현(李礥, 1654~?). 자는 중숙(重叔). 호는 동곽(東郭). 본관은 안악(安岳). 1675년 진사가 되었고, 1697년 중시(重試) 병과(丙科)에 합격했음. 좌랑(佐郎)을 역임했음.

나, 밤이 이미 오경에 이르렀기 때문에 평소 품었던 생각을 이룰 수 없었습니다. 오늘 밤 다행히 숙소에 모시고, 니시야마씨(西山氏)[20]에 의지해 부끄럽지만 크게 돌보셔서 뵐 수 있도록[21] 허락하시기 바랍니다.

또 여쭈었다.

그대의 성과 이름은 무엇입니까? 제가 묻고 싶은 조목이 있는데, 높은 가르침을 베풀어주시기 바랍니다.

대답했다.

제 성은 기(奇)이고, 이름은 두문(斗文)이며, 호는 상백헌(嘗百軒)이고, 벼슬은 조산대부(朝散大夫)[22] 전연사직장(典涓司直長)[23]입니다. 비록

---

19 서기(書記) : '정사서기(正使書記)'는 홍순연(洪舜衍, 1653~?). 자는 명구(命九). 호는 경호(鏡湖). 시호는 봉호(封號). 본관은 남양(南陽). 1705년 증광시(增廣試) 병과(丙科)에 합격했음. '부사서기(副使書記)'는 엄한중(嚴漢重, 1665~?). 자는 자정(子鼎). 호는 용호(龍湖). 본관은 영월(寧越). 1706년 정시(庭試) 병과에 합격했음. 현감, 비서성(祕書省) 박사(博士), 고창군(高敞郡) 태수를 지냈음. '종사서기(從事書記)'는 남성중(南聖重). 자는 중용(仲容). 호는 범수(泛叟). 1655년 통신사 종사관(從事官)이었던 남용익(南龍翼, 1628~1692)의 아들.

20 니시야마씨(西山氏) : 니시야마 순태(西山順泰, 1660-?). 아비루(阿比留). 후기노시타 준안에게 사사(師事)한 쓰시마(對馬島)의 유생(儒生).

21 식형(識荊) : 훌륭한 인사(人士)를 면회(面會)하여 이름이 알려짐의 비유(比喩). 식한(識韓). 한(韓)은 형주(荊州)의 태수(太守) 한조종(韓朝宗)을 이름.

22 조산대부(朝散大夫) : 조선시대 종친(宗親) 문관(文官)의 종사품(從四品) 벼슬.

23 전연사(典涓司) : 조선시대 궁궐의 수리·청소를 맡아본 관청. 1394년(태조3)에 설치한 '경복궁제거사(景福宮提擧司)'를 1466년(세조12) 전연사로 고쳐 공조의 속아문(屬衙門)으로 하였음. 중기 이후, 토목·영선(營繕)을 맡아보던 '선공감(繕工監)'에 병합되었음. 관원으로는 제검(提檢 : 종사품)·별좌(別座 : 정·종오품)·별제(別提 : 정·종육품) 각 1명, 직장(直長 : 종칠품) 2명, 봉사(奉事 : 종팔품) 2명, 참봉(參奉 : 종구품) 6명을 두었는데, 직장 이하의 관원은 3개월마다 교체되는 체아직(遞兒職)이었음.

마음을 씻어드릴 만한 재주는 없지만, 얕은 견문이나마 가진 것으로 그대에게 대략 보여드리겠습니다.

물음 순포: 사삼(沙參)[24]의 한 종은 중국 상선이 가져온 것입니다. 40년 전에 명나라의 어떤 승려가 우리나라에 와서 그것을 보고 "이것은 들판의 호라복(胡蘿蔔)[25]이다."라 했습니다. 『본초』에는 "제니(薺苨)[26]와 사삼은 인삼(人參)과 통하기 어렵고, 또 뿌리 모양은 들판의 호라복과 같으니 이 때문에 의심하는 사람이 많다."라 했습니다. 이것을 사삼이라 부르는 것이 옳은지 그른지 모르겠습니다. 이때 중국 사삼을 그에게 보여줘 두문이 씹어 맛을 볼 수 있었다.

대답 두문: 이것은 중국의 사삼입니다. 우리나라의 사삼과 같지 않습니다. 땅과 기후가 다릅니다. 제니는 다른 이름으로 만삼(蔓參)[27]인데, 모양은 인삼과 같지만 맛은 다릅니다.

물음: 우리나라에는 예부터 만인삼(蔓人參)이라 부르는 것이 있는데, 30년 전에 그대 나라 사람이 길가에 자라난 것을 보고 "이는 사삼이다."라 했습니다. 아! 그대 나라 사람이 정말 말했습니까? 우리나라 사람들이 돌아다니며 팔면서 그대 나라 사람의 말로 자랑한 것입

24 사삼(沙參) : 더덕. 초롱꽃과의 다년생 만초(蔓草). 뿌리는 식용·약용함. 사삼은 '잔대'라는 설도 있음.

25 호라복(胡蘿蔔) : 야채(野菜)의 일종. 당근.

26 제니(薺苨) : 모시대. 초롱꽃과의 다년초. 뿌리와 줄기가 모두 인삼과 비슷한데, 뿌리는 단맛이 있고 약재로 쓰임.

27 만삼(蔓參) : 초롱꽃과의 다년생 만초. 뿌리는 약재로 씀.

니까? 『본초강목』[28]에 실린 바로는 이와 같지 않으므로 지금 그 뿌리를 가져왔습니다. 나무나 담장에 의지해 덩굴로 자라고, 그 꽃과 잎은 그림과 같습니다. 잎은 푸르고, 꽃은 엷은 자주색이며, 줄기와 뿌리에서는 흰 즙이 나온다.

대답: 이것은 제니이니 만삼이라 부르는 것입니다.

물음: 『본초강목』「사삼조」하에 "높이는 2자이다. 줄기 위의 잎은 뾰족하고 길어 구기(枸杞)[29] 잎과 비슷하고, 작은 이 모양의 가시가

28 『본초강목(本草綱目)』: 중국 명(明)대 이시진(李時珍)이 전대 제가(諸家)의 본초학을 총괄하여 보충·삭제하고 바로잡아 저술한 책.

29 구기(枸杞): 구기자나무. 가지과에 속하는 낙엽 관목. 대추씨처럼 생긴 열매는 붉으며, 뿌리의 껍질은 지골피(地骨皮)라 하는데, 모두 약재로 쓰임.

있다. 가을에 잎 사이에서 작은 자줏빛 꽃이 피는데, 길이는 2,3푼[30] 이고, 모양은 방울 같으며, 5개가 피고, 꽃술은 희며, 또한 흰 꽃도 있다. 이러이러하다."라 했습니다. 우리나라 곳곳에 그것이 있는데, 꽃잎은 그림과 같습니다. 뿌리라는 것은 지금 가지고 왔는데, 『본초도설』과 어긋남이 없습니다. 지난번 그대 나라 사람이 보고 사삼이라 말한 것은 아마도 이 꽃잎일 것입니다. 들판의 둑방이나 길가에 많이 나고, 우리나라 사람들은 제니라 부르는데, 어떤 사람은 사삼이라고도 하니 옳은지 그른지 모르겠습니다. 사람들이 종인삼(鐘人參)이라 부르는 것이다.

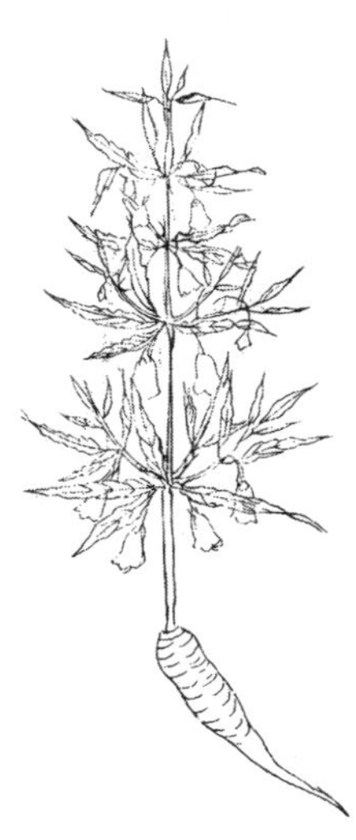

대답: 이것은 곧 사삼이 맞습니다. 우리나라의 사삼과 똑같으니, 처

30 푼(分) : 길이 단위인 척(尺)의 100분의 1. 무게 단위인 전(錢)의 10분의 1.

음 본 것은 만삼입니다.

물음: 제가 사삼에 대해 물을 것은 결고노인(潔古老人)[31]이 "사삼을 가지고 인삼을 대신해도 그 단맛을 얻는다."라 했고, 『본초강목』에 "인삼 좋은 것들은 그 값이 은과 같다."라 했으며, 또 『증치준승』[32]에 "인삼은 그 값이 비싸 가난한 사람들은 백출(白朮)[33]을 가지고 인삼을 대신한다. 이러이러하다."라 했으니, 중국이 이와 같은데, 하물며 우리나라는 어떠하겠습니까? 그 집이 가난해 인삼을 복용할 수 없는 사람이 있으니, 가르침을 베풀어 보여주시기를 청합니다. 제가 시진(時珍)[34]의 설명만 근거로 삼는다면, 몸의 양기(陽氣)[35]를 돕는 보람이 없는 것과 같습니다. 그러나 어찌 인삼을 대신한다고 말했습니까? 결고노인은 스스로 얻은 것이 따로 있었습니까? 사삼탕에 부자

---

31 결고노인(潔古老人) : 장원소(張元素). 중국 금(金)대 역주(易州) 사람. 자(字)는 결고(潔古). 이름 난 의학자로 진사시(進士試)에 실패하자 의원이 되었고, 그 당시 의학계가 지나치게 옛 처방의 기풍에 얽매인 것을 비판하였음. 기후 변화와 환자 체질 등의 정황에 근거하여 융통성 있게 약을 쓰고 임상 실제의 수요에 맞춰야 한다고 주장하였음. 저서에 『진주낭인경좌사(珍珠囊引經佐使)』·『병기기의보명집(病機氣宜保命集)』·『장부표본약식(臟腑標本藥式)』·『의학계원(醫學啓源)』·『결고가진(潔古家珍)』 등이 있음.

32 『증치준승(證治準繩)』 : 중국 명(明)대 왕긍당(王肯堂)이 지은 의서(醫書). 가려 뽑은 자료가 풍부하고, 조리(條理)가 분명하여 옛 의서 중 가장 잘 갖추어진 책의 하나임. 120권.

33 백출(白朮) : 삽주의 연한 뿌리. 소화제로 널리 쓰임.

34 이시진(李時珍, 1518-1593) : 자는 동벽(東璧). 호는 빈호(瀕湖). 명(明)대 기주(蘄州) 사람. 35세에 약물의 기준서(基準書)를 집대성하는 일에 착수하여 생전에 탈고하였지만, 그가 죽은 후인 1596년에 『본초강목』 52권이 간행됨. 저서에 『기경팔맥고(奇經八脈考)』·『빈호맥학(瀕湖脈學)』 등이 있음.

35 양기(陽氣) : ① 따뜻한 기운. 만물이 발생·활동하는 기운. ② 사람의 체질상 활발하고 적극적인 기운.

(附子)[36]를 짝해 그것을 함께 시험한다면, 그 일은 어떠하겠습니까?

대답: 사삼 약의 성질은 "마음을 맑게 하고, 허파를 도우며, 음이 부족해서 양이 요동치거나 기침하는데 쓴다."고 했습니다. 가래에 의해 가슴이 답답해지는 증상이 심한 사람은 인삼으로 도울 수 없고, 사삼으로 대신합니다. 몹시 가난한 사람도 급하면 어쩔 수 없이 대신 씁니다. 비록 그렇지만 사삼탕 속에 황기(黃芪)[37]와 부자를 같이 섞어 쓰면, 효용이 거의 적다고 할 수 있습니다.

또 대답: 우리나라의 인삼은 깊은 산, 인가가 없고 신선들이 오가는 곳에서 나는데, 모양이 어린 아이와 같은 것은 다른 이름으로 신초(神草)[38]라 합니다.

물음: 시진이 "위유(萎蕤)[39]로 인삼이나 황기를 대신하는데, 시들거나 마르지 않으면 크게 다른 효용이 있다."고 했지만, 이것은 옛 사람이 밝히지 못한 것입니다. 그대가 그것을 쓴다면 그 효용이 어떠하겠습니까? 중국 상선이 가져온 위유가 이것입니다.

대답: 땅과 기후가 각기 다르지만, 자기 나라에서 나는 것을 다 쓴 뒤에 혹 쓸 수 있을 것입니다.

---

36 부자(附子) : 바곳의 구근(球根). 오두(烏頭). 극약(劇藥)이지만, 손발이 찬 데나 신경통 등에 쓰임.

37 황기(黃芪) : 단너삼. 약초의 이름. 또는 그 뿌리를 약재로 이르는 말. 황기(黃耆).

38 신초(神草) : 산삼(山蔘)의 다른 이름.

39 위유(萎蕤) : 둥굴레. 백합과의 다년초. 지하경(地下莖)과 어린 잎은 약용·식용함.

물음: 우리나라의 위유는 이것입니다. 우리나라의 황정(黃精)[40]을 내놓았는데, 길고 부드러운 것이다.

대답: 이것이 맞습니다. 옛사람이 위유탕을 쓸 때, 이것으로 본보기를 삼아 많이 썼을 것입니다.

물음: 어떤 병세를 비로소 말하겠습니다. 허리가 아프거나 혹 척추가 아픈 사이에 손발 힘줄에 경련이 일어나고, 몸을 움직이면 갈비뼈와 배에 경련이 일어나는 아픔이 2,3년 지난 뒤에 철(凸)자 모양 척추가 견(く)자처럼 굽으며, 5,7년 혹 10년간 바닥에서 일어날 수 없고, 허리 아래가 매우 야위며 온몸이 굽어서 죽는데, 부인이 그러한 병을 많이 앓고 남자도 또한 간혹 그러한 병이 있으니, 보약으로 원기를 돕고 설사약으로 병을 고치거나 따뜻함과 서늘함도 효과가 없습니다. 이를 다스리는 방법을 가르쳐 보여 베풀어주시기 바랍니다.

대답: 이 증세는 축축함과 뜨거움과 담(痰)[41]의 세 기운이 풍사(風邪)[42]를 끼고 독맥(督脈)[43] 및 발에서부터 발목 부분까지 나아가 이리저리 옮겨 다닌 것입니다. 약을 쓰되 삼합탕(三合湯)으로 하고, 뜸

---

40 황정(黃精) : 약초의 이름. 뿌리는 비위(脾胃)를 튼튼히 하고, 원기를 돋우는 약재로 쓰임.

41 담(痰) : ① 몸 안의 진액이 일정한 부위에 몰려 걸쭉하고 탁하게 된 것. 가래. ② 몸의 분비액이 순환하다가 어느 국부가 삐거나 접질린 때에 거기에 응결되어 결리고 아픈 증상.

42 풍사(風邪) : 외부의 사기(邪氣) 때문에 생기는 풍한(風寒)·풍열(風熱)·풍습(風濕) 등의 병증.

43 독맥(督脈) : 기경팔맥(奇經八脈)의 하나. 인체의 중앙에서 상하로 관통함.

을 뜨되 폐수(肺腧)[44]와 고황수(膏肓腧)[45]에 뜸이 옳을 것입니다.

물음: 어린아이가 감리(疳痢)[46], 감안(疳眼)[47]에 열이 쌓여 오래되었는데도 낫지 않는 것에 대해 전문가의 비방 하나만 전해주시기 바랍니다.

대답: 이 증세는 젖을 먹여 기르되 조절하지 못해 오장(五臟)과 육부(六腑)가 조화롭지 못한 것입니다. 곧 천지가 이루어졌으나 사귀고 섬기지 못하는 증세입니다. 제게 조그만 처방 하나가 있으니, 그대에게 그것을 보여드릴 것입니다.

억간부비산(抑肝扶脾散) 진피(陳皮)[48] 청피(青皮)[49]참기름에 볶음 신국(神麯)[50]볶아서 각각 6푼씩 백출황토물에 담갔다가 볶음 용담초(龍膽草)[51]술에 씻음 백개자(白芥子)[52]볶음 산사자(山楂子)[53] 백복령(白茯苓)[54]각각 8푼씩 인삼5푼 황련(黃連)[55]강하게 볶아서 1돈[56] 시호(柴胡)[57] 호황련(胡黃連)[58] 감초(甘草)각각 3푼씩 생강(生薑)3조각

44 폐수(肺腧) : 인체의 경혈(經穴)을 이름. 폐유(肺兪).

45 고황수(膏肓腧) : '고'는 가슴 밑의 작은 비계, '황'은 가슴 위의 얇은 막(膜)으로, 심장과 횡경막의 사이. 병이 그 속에 생기면 낫기 어렵다는 부분.

46 감리(疳痢) : 감사(疳瀉)로 인(因)하여 생긴 이질(痢疾). '감사'는 감병(疳病)의 하나로, 젖을 잘 조절해 주지 못하여 생기는데, 얼굴이 누렇게 뜨고 야위며 푸른 설사를 하고, 심하면 감리가 됨. '감병'은 어린아이의 영양 조절을 잘못하여 난 병의 총칭.

47 감안(疳眼) : 감병(疳病)으로 생기는 눈병. 눈이 깔깔하고 헐어서 짓무름.

48 진피(陳皮) : 말린 귤껍질. 건위(健胃)나 땀을 내는 약재로 씀.

49 청피(青皮) : 익지 않은 귤껍질을 말린 것. 한약재로 씀.

50 신국(神麯) : 약누룩. 음식에 체하거나 설사할 때 씀.

이 외에 소식보동원(消食保童元), 소식병(消食餠), 비아환(肥兒丸)도 모두 효험이 있을 것입니다.

물음: 어떤 사람이 나이는 33세인데, 귀먹어 소리를 듣지 못한 지 여러 해 되었습니다. 그 원인은 6,7세에 물에 빠져 귓병을 앓았기 때문입니다. 13세에는 상한(傷寒)[59]을 앓아 코피가 나고 귓병이 재발했습니다. 비록 치료하여 아주 가까운 거리에서 다른 사람이 내는 소리는 귀로 조금 통해 들리는 듯했지만, 지금은 듣지 못하는 것과 같습니다. 오른쪽 귀에서 울리는 소리가 나고, 머리는 차며, 가끔 잇몸에서 피가 납니다. 따뜻한 것을 좋아하고, 추위를 심하게 탑니다. 어떤 사물이든 앞을 가리면, 가슴이 두근거린다 하여 이중탕(理中湯), 이공산(異功散), 육군자탕(六君子湯), 귀비탕(歸脾湯), 금궤신기환(金匱腎氣丸) 등을 처방했는데, 효과가 없었습니다. 맥을 짚어보면 한번 호흡에 5번을 뛰고 눌러보면 힘이 없습니다. 치료법을 알

51 용담초(龍膽草) : 용담과의 다년초. 뿌리는 약재로 씀.

52 백개자(白芥子) : 갓의 씨앗. 성질은 따뜻하고, 기침과 담을 다스리는 데 씀.

53 산사자(山楂子) : 산사나무의 열매. 약재로 씀.

54 백복령(白茯苓) : 적송(赤松) 뿌리에 기생하는 복령의 균핵을 말린 것. 약재로 씀. 흰솔풍령.

55 황련(黃連) : 미나리아재비과의 다년초. 또는 약재로 쓰는 그 뿌리.

56 돈(錢) : 무게 단위인 냥(兩)의 10분의 1. 전(錢).

57 시호(柴胡) : 미나리과의 다년초. 뿌리는 약재로 쓰임.

58 호황련(胡黃連) : 미나리아재비과의 다년초. 뿌리는 약재로 쓰임.

59 상한(傷寒) : 추위로 인해 생긴 감기·폐렴 등의 병.

려주시기 바랍니다. 그대는 내일 대원을 출발해 반나절만 가면 금수역(今須驛)에 도착해 묵게 됩니다. 식사하는 사이에 이 환자가 그대 뵙기를 청한다면, 그를 진맥(診脈)[60]하여 높은 깨우침을 자세히 베풀어 주실 수 있겠습니까?

대답: 내일 오면 진맥하여 대강 알게 될 것입니다. 약을 쓴다면 크게 도움이 될 텐데, 이것은 바로 음이 부족한 증세입니다. 귀는 콩팥에 통해 있는데, 상화(相火)[61]가 이와 같이 근심을 일으키는 것입니다.

두문이 금수역에 도착해서 진맥하고, 가슴과 배를 살피며 말했다. "허리혈이 움직이니, 보중익기탕(補中益氣湯)에 향부자(香附子)[62], 축사(縮砂)[63], 목단피(牧丹皮)[64]는 각각 1돈씩 넣고, 만형자(蔓荊子)[65], 상백피(桑白皮)[66]는 각각 7푼씩 넣으며, 운림윤신환(雲林潤身丸)을 함께 복용하고, 다시 풍지혈(風池穴)[67]에 뜸 21장을 떠야할 것입니다." 지난번 나

60 진맥(診脈) : 병을 진찰하기 위해 손목의 맥을 짚어보는 일.

61 상화(相火) : 심장(心臟)의 화기(火氣). 일설에는 간담(肝膽)의 화기.

62 향부자(香附子) : 방동사니과의 다년초. 또는 그 뿌리줄기를 말린 것. 건위·진통·생리 조절 등에 약재로 쓰임.

63 축사(縮砂) : 생강과의 다년초. 씨앗은 약재로 쓰임.

64 목단피(牧丹皮) : 작약과의 낙엽 관목. 화왕(花王)으로 불리며, 뿌리는 약재로 쓰임. 모란. 목작약(木芍藥).

65 만형(蔓荊) : 순비기나무. 모래땅에서 자라는데, 줄기는 비스듬히 서거나 모래 위를 기며, 열매는 '만형자'라 하여 한약재로 씀.

66 상백피(桑白皮) : 뽕나무 뿌리의 속껍질. 폐열(肺熱)로 인한 기침과 소변이 잘 통하지 않는 데에 씀.

67 풍지혈(風池穴) : 인체의 경혈 이름. 귀 뒤와 머리가 난 곳 사이의 오목한 곳.

에게 대답하기를 상화가 일으키는 근심이라고 했는데, 진맥한 뒤에 허리혈이 움직이는 것을 살피고, 익기탕과 윤신환을 써야할 것이라 하였다.

물음: 노채(癆瘵), 전시(傳屍)[68]를 앓는 사람이 그대 나라에도 있습니까? 그 치료법은 무엇입니까?

대답: 이 증세는 중고[69]에 많이 있었는데, 지금 세상에는 옛 사람의 처방이나 조치로 대략이라도 살펴볼만한 것이 없습니다. 일단 천민(天民)[70]의 치료법을 따라 더하거나 빼서 만드십시오.

물음: 중경(仲景)[71]이 "상한, 온열(溫熱)[72]병에 장결(臟結)[73]한 사람은

---

68 노채(癆瘵), 전시(傳屍) : '노채'는 폐결핵(肺結核). 또는 폐결핵을 앓음. '전시'는 폐병. 시신의 미생물에 의해서 다른 사람에게 전염된다고 생각했기 때문에 이르는 말. 전시로(傳尸勞).

69 중고(中古) : 역사상 시대구분의 하나인 상고(上古)와 근고(近古) 사이.

70 천민(天民) : 우단(虞摶)의 자. 명(明)대 의오(義烏) 사람. 자호(自號)는 화계긍덕노인(花溪恆德老人). 그의 학문은 주진형(朱震亨)을 으뜸으로 삼고, 장기(張機), 손사막(孫思邈), 이고(李杲) 등을 참고해 그들의 처방 중 정수(精粹)만을 가려 뽑아 다시 의문을 제기한 후 이를 자세히 밝혔음. 저서에 『의학정전(醫學正傳)』, 『방맥발몽(方脈發蒙)』, 『백자음(百字吟)』, 『반재고(半齋稿)』가 있음.

71 중경(仲景) : 장기(張機, 150-219)의 자. 후한(後漢)대 하남성(河南省) 남양(南陽) 사람. 장사태수(長沙太守)를 지냈으나, 그의 일족이 열병으로 목숨을 잃자 의학에 깊은 관심을 갖게 되었음. 저서에 『상한잡병론(傷寒雜病論)』이 있음.

72 온열(溫熱) : ① 열의 속성을 가진 사기를 통틀어 이르는 말. ② 습열과 상대되는 말로 습을 겸하지 않은 여러 가지 사기.

73 장결(臟結) : 결흉증(結胸證)과 비슷한 증. 간경변(肝硬變).

죽는다."라 했습니다. 제가 병을 대하고 생각해보니, 그 증세는 심장 아래에 열매 같은 것이 가득 찼고, 또 허증(虛症)[74]과 비슷하게 대변이 묽게 나오고, 그 혀에 백태(白胎)[75]가 끼었으며, 며칠이 지나도 검게 되지 않았습니다. 음식은 반으로 줄었고, 환자는 움직임이 적고 잠이 많았습니다. 그 환자에게 보법(補法)[76]을 쓰니 흉격(胸膈)[77]이 아팠고, 사법(瀉法)[78]을 쓰니 대변이 잦아졌으며, 화법(和法)[79]을 쓰니 살아남는 사람이 열에 한둘 정도였습니다. 이것이 장결의 증세입니까? 배꼽 부위는 아프기도 하고 아프지 않기도 했습니다. 그 치료법은 무엇입니까?

대답: 이에 대한 제 생각으로 말하자면, 일단 풍사가 오장에 침입해 상한 증상과 같습니다. 중경의 치료법에 따르십시오.

물음: 상한, 온열병의 축혈증(蓄血症)[80]에서 상초(上焦)[81]는 서각지

74 허증(虛症) : 기력이나 피의 부족으로 인하여 몸이 쇠약해진 병의 총칭. 폐결핵·신경쇠약 등.

75 백태(白胎) : 설태(舌苔)의 하나. 신열·위장병·영양부족 등으로 혓바닥에 끼는 누르스름한 물질.

76 보법(補法) : 여러 종류의 보약제를 배합하여 기혈의 부족을 보조하고, 음양의 편중을 조화시켜 평정(平靜)과 평형(平衡)을 유지하도록 하는 것.

77 흉격(胸膈) : 심장과 췌장 사이의 가슴 부분.

78 사법(瀉法) : 보사법(補瀉法) 중 세포조직의 생명력이 스스로 자라고 치유될 수 있는 능력에 장애가 되는 요소를 제거하는 방법. 보법(補法)에 대응하는 말임.

79 화법(和法) : 화해시키고 조화시켜 표리한열(表裏寒熱)과 허실(虛實), 복잡한 증후, 장부(臟腑)의 음양, 기혈(氣血)의 편성편쇠(偏盛偏衰)를 정상상태로 회복시키는 작용.

80 축혈증(蓄血症) : 하초(下焦)에 어혈(瘀血)이 생긴 병증을 통틀어 이르는 말. '하초'는

황탕(犀角地黃湯)으로 다스리고, 중초(中焦)[82]는 도인승기탕(桃仁承氣湯)으로 다스리며, 하초(下焦)는 저당탕환(抵當湯丸)으로 다스린다고 합니다. 또 하초에 생긴 축혈증은 증세가 미친 듯하고, 대변이 검으며, 아랫배에 단단히 맺힌 것이 있어서 그곳을 누르면 아프고, 그 맥은 반드시 허하고 거칠게 짚인다고 합니다. 그대의 치료법은 무엇인지, 저는 그것을 따르겠습니다.

대답: 그 가운데 지금 하신 말씀은 저의 보잘것없는 의견과 똑같습니다. 수질(水蛭)[83], 맹충(虻虫)[84]을 누르스름해질 정도로 불에 볶아서 독을 없애고 쓰면 옳을 것입니다.

여쭈었다. 슌포

서둘러 여장(旅裝)을 꾸리고 부지런히 옮기는 사이에 객지살이의 온갖 고통은 돌아보지 않고, 좋은 인연은 늘 있기가 어렵기 때문에 두려워하며 거듭 절하고 말했다. "명공[85]께서 허락하실지 않으실지 모르겠습니다. 제게 아들 다섯이 있는데, 첫째는 호가 슌치쿠(春竹)이고, 둘째는 슌린(春倫)이며, 셋째는 도우센(道仙)입니다. 나머지는 모

삼초(三焦)의 하나로 배꼽 아랫부분에 해당되며, 대장·방광 등의 장기를 포괄함. '삼초'는 육부(六腑)의 하나로 음식의 흡수·소화·배설을 맡음.

81 상초(上焦) : 삼초의 하나로 위(胃)의 분문(噴門) 부분. 음식을 흡수하는 곳을 말함.

82 중초(中焦) : 삼초의 하나로 심장과 배꼽의 중간.

83 수질(水蛭) : 거머리의 일종.

84 맹충(虻虫) : 등에. 등에과에 속하는 곤충의 총칭.

85 명공(明公) : 명예가 있고 지위가 높은 사람에 대한 높임말.

두 어려서 세 아들에게만 의술을 가르치고자 합니다. 그러나 경서의 뜻도 알지 못하고, 아비가 잘못하니 자식도 잘못합니다. 제가 만일 얻을 것이 있다면, 의론육조(醫論六條)를 써서 책상 아래에 바치겠으니, 그대는 잠깐 머물러 앉아 직접 한번 스쳐보시고 옳은지 그른지 알려주신다면, 그대의 은혜는 죽을 때까지 잊을 수 없을 것입니다. 비록 속된 말이 이어지지도 않지만, 부끄러움을 모르는 얼굴로 그대를 대하는 이들이 세 아들입니다. 저는 평소 어려운 것은 익숙하게 알지 못하니 어찌 그대와 함께 아주 작은 힘이라도 다투겠습니까? 다름 아니라 나의 의론(醫論)을 반기고 중요하게 여기는 사람들에게 모자람이 없게 하려는 것입니다. 먼저 그 어리석음을 늘어놓지 않고, 그대의 마음속에 간직한 지혜와 식견에 묻는 것이니 공손하지 않음에 가깝습니다. 다만 그대의 뜻을 가지고 스스로 얻은 요점과 남달라 본받을만한 처방으로 이것저것 다스려주십시오. 제가 다행히 하나라도 얻어 듣는다면, 우러러 사모하기에 충분할 것이니 실정을 살펴보고 불쌍하게 여기시기 바랍니다."

의론육조(醫論六條)

추뉴(樞紐)[86]

장씨(張氏)가 "명문(命門)의 화(火)는 원기(元氣)·원양(元陽)·진양(眞陽)[87]이라 하고, 명문의 수(水)는 진정(眞精)·진음(眞陰)·원음(元陰)이라

86 추뉴(樞紐) : 문지도리와 인끈. 사물의 관건이나 서로 연결된 사물 중심부분의 비유.
87 진양(眞陽) : 신장(腎臟) 생리기능의 동력이며, 인체 열에너지의 근원. 원음(元陰).

한다. 이 명문의 수(水)와 화(火)는 십이장(十二藏)의 근원이기 때문에 오장도 그것에 힘입는다."라 했고, "하늘의 큰 보배는 다만 한 덩이 붉은 해이고, 사람의 큰 보배는 다만 한 호흡 진양(眞陽)이 갖추어지는 것이다. 이 해가 없다면 세상이 비록 크다 하더라도 한낱 추운 성질일 뿐이다. 사람도 곧 작은 세상이니 양(陽)을 얻으면 살고 잃으면 죽을 것이다."라 했습니다. 선철(先哲)은 "화(火)가 많고 수(水)가 적으면 양(陽)은 차고 음(陰)은 비게 되어 그 병이 뜨겁게 되고, 수가 많고 화가 적으면 음은 차고 양은 비게 되어 그 병이 차갑게 된다."라 했습니다. 제가 여기 두 설명에 근거해 깨달은 것이 있습니다. 이른바 진양(眞陽)의 기운은 비유해 말하자면, 부인의 뱃속이 마치 솥 안의 뜨거운 물과 같은데, 뜨거운 것은 태어나면서 자신에게 주어진 것이며, 원양(元陽)의 상태가 진실로 지나치거나 모자라지 않은 것입니다. 화기(火氣)가 왕성하면 그 물이 세차게 끓어오르고, 진화(眞火)가 약해지면 솥 안은 차갑게 되니, 그 끓는 것에는 물을 더하고, 차가운 것에는 땔감을 더합니다. 마땅히 금(芩),[88] 련(連),[89] 지(知),[90] 벽(蘗),[91] 석고(石膏)[92] 등 찬

88 금(芩) : 황금(黃芩). 꿀풀과의 다년초. 또는 그 뿌리를 약재로 이르는 말. 해열제로 쓰임. 속서근풀. 속썩은풀.

89 련(連) : 황련(黃連).

90 지(知) : 지모(知母). 지모과의 다년초. 근경(根莖)은 해열·소담(消痰) 등에 약재로 쓰임.

91 벽(蘗) : 황벽(黃蘗)나무. 운향과의 낙엽교목. 줄기는 황색 염료를 만들 수 있고, 껍질은 약재로 쓰임. 황경피나무. 황백(黃柏).

92 석고(石膏) : 석회질(石灰質) 광물의 일종. 백색으로 안료(顔料)나 약용, 모형제조, 조각 등의 재료로 쓰임.

것으로는 진양(眞陽)의 상태를 살피되, 그 따뜻함을 잃을 수는 없으니 따뜻함이 없어지면 죽기 때문입니다. 삼(參),[93] 부(附),[94] 강(薑),[95] 계(桂)[96] 등 따뜻한 것으로는 그 따뜻함을 더하면 안 됩니다. 그것을 알맞게 함으로써 끓지 않고 차지 않게 할 수 있습니다. 또 『난경』[97]에 "배꼽 아래 신간동기(腎間動氣)라는 것이 사람의 생명이다. 기(氣)[98]라는 것은 사람의 근본이니, 마치 초목에 뿌리가 있는 것과 같다."라 했습니다. 개빈(介賓)[99]은 명문(命門)을 분별해 비록 신간동기라 말하지 않았지만, 단전(丹田)[100] 지점이 이미 명문이니 말하지 않았어도 분명히 갖춘 것입니다. 『난경』에서 "각 내장의 동기(動氣)[101]라는 것은 그 내장의 기가 고르지 않은 곳이 쌓이고 쌓여서 뛰며 움직이는 것이다."라 했습니다. 그러므로 드문드문 아픈 데를 따라 맥을 짚어 아픈 곳을

93 삼(參) : 인삼(人蔘).

94 부(附) : 부자(附子).

95 강(薑) : 생강(生薑).

96 계(桂) : 계피(桂皮). 녹나무과 육계나무의 수피를 건조한 것. 향료와 약재로 쓰임.

97 『난경(難經)』 : 전국(戰國) 때 편작(扁鵲)이 『황제내경(黃帝內經)』의 뜻을 밝힌 의서(醫書). 문답 형식으로 『황제내경』 경문 중의 의문을 해석하였음. 2권.

98 기(氣) : 생명과 생체의 활동을 유지하는데 중요한 역할을 하는 물질이라고 본 동의학적 개념. 발생에 따라 태반을 통해 생겨나는 '선천의 기'와 태어난 뒤 호흡의 기와 음식물에서 받는 기(곡기)가 합쳐져 생기는 '후천의 기'로 나누었음. 후천의 기는 진기(眞氣)·원기(元氣)·정기(正氣)라 함.

99 장개빈(張介賓, 1563-1640) : 자는 경악(景岳)·회경(會卿). 호는 통일자(通一子). 중국 명(明)대 의원. 온보학파(溫補學派)의 대표인물로 명나라의 대표적 종합의학서 『경악전서(景岳全書)』 64권을 간행했고, 조선후기 실용의학에 많은 영향을 끼쳤음.

100 단전(丹田) : 배꼽 아래 세 치쯤 되는 부분. 아랫배. 이곳에 힘을 줘 심신(心身)의 정기를 모아 두면 몸이 건강해져서 장수한다고 함.

101 동기(動氣) : 맥박이 뛰는 상태. 배꼽 부위에서 뛰는 맥.

아는 것이 어찌 명문의 동기이겠습니까? 저는 20세에 처음 의원의 길에 들어선 이래로 배꼽 근처를 살피고, 그 동기를 진찰해 맥을 짚되 드문드문 아픈 곳을 따라 짚지 않았으며, 마치 진양(眞陽)이 도를 얻은 것과 같으면 고요하게 맥박이 뛰는 것을 따릅니다. 실화(實火)[102]한 사람은 그 움직임에 힘이 있고, 수(水) 가운데 화(火)가 움직이는 사람은 나아가되 힘이 없으며, 화(火)가 약해지면 살갗에 큰 열이 나고 그 움직임이 매우 약해집니다. 화(火)가 움직이는 사람은 나아가되 작게 하고, 화(火)가 약해지는 사람은 나아가되 흩어진다. 혹은 없고, 혹은 떠돌다 흩어지며, 혹은 흉격(胸膈)에 오르고, 혹은 맥에 있지만 동기가 없어, 실(實)[103]이 허(虛)[104]와 비슷하고 허가 실과 비슷한 것처럼 생각함을 따라 양허(陽虛)[105]의 가화(假火)[106]에 미치면, 누가 그것을 가르칠 수 있습니까? 이러한 움직임은 저에게 가르칠 수 있는 것입니다. 맥이 고른데도 죽고, 맥이 거의 없는데도 사는 것은 이미 손바닥에 있으므로 맥에 힘이 있고 없는 것으로 양허와 양실(陽實)[107]을 압니다. 또 신간동기를 살피면 진양이 약하거나 약하지 않음을 얻어 알 수 있습니

102 실화(實火) : 화가 몹시 성한 것. 사기(邪氣)로 작용하는 열이 왕성하여 생긴 실열증(實熱症).

103 실(實) : 사기가 왕성해진 것. 속이 충실한 것.

104 허(虛) : 정기가 부족하거나 허약해진 것.

105 양허(陽虛) : 양기(陽氣)가 부족한 증상. 추운 것을 싫어하고 팔다리가 싸늘하며 권태감이 있음.

106 가화(假火) : 병의 본질은 차가운 증인데, 겉으로는 열이 있는 증상과 비슷한 거짓증상이 나타나는 것.

107 양실(陽實) : 양(陽)이 실(實)한 것.

다. 이것이 저의 치료법입니다.

양(陽)이 여유롭다는 것은 단계(丹溪)[108]가 드러낸 것입니다. 그러나 어렵게 차고 쉽게 없어집니다. 또 수(水)가 없고 화(火)가 없다는 것은 그 사람이 베푼 치료법을 의지할 수 있습니다.

천(天)이란 것은 순수한 양(陽)이 밖에 옮겨진 것이고, 지(地)라는 것은 순수한 음(陰)이 안에 모여 엉긴 것입니다. 양이 가득 찼다는 것은 천지가 일정해 온갖 사물을 생겨나 자라게 할 수 있습니다. 진양에 남음이 있다는 것은 사람의 몸에 좋은 것이어서 오장이 순탄하고 화기롭습니다. 사람은 이러한 화(火)가 아니면 살 수 없으니, 어떻게 화(火)가 없을 수 있습니까? 일양(一陽)[109]이란 것은 하늘이 준 것이어서 사람은 그 모양에 따라 지니는 것이고, 각각 많거나 적음, 허(虛)함과 실(實)함이 가지런하지 않습니다. 대개 살찐 사람은 양허가 많고, 야윈 사람은 양실이 많은데, 내려 받은 양(陽)이 온전히 갖추어진 사람은 병이 없고 그 병도 치료가 쉽지만, 온전치 않은 사람은 병이 많고 그 병도 치료가 어렵습니다. 그러므로 그 치료법 중 양허한 사람은 설씨[110]

108 단계(丹溪) : 주진형(朱震亨, 1281-1358)의 호. 원(元)대 유학자이자 의원으로 금원사대가(金元四大家)의 한 사람. 자는 언수(彦修). 상화론(相火論)을 주장하여 화(火)의 병리적인 면뿐 아니라 치법으로 자음강화(滋陰降火) 즉, 음(陰)을 보(補)하고 화(火)를 내리게 하는 용약법을 주로 사용했음. 이외 주요 이론으로 '양유여음부족론(陽有餘陰不足論)'이 있고, 저서에 『격치여론(格致餘論), 『단계심법(丹溪心法)』, 『단계의요(丹溪醫要)』, 『단계치법심요(丹溪治法心要)』, 『국방발휘(局方發揮)』 등이 있음.

109 일양(一陽) : ① 태양(太陽)·양명(陽明)·소양(少陽)의 3경맥(經脈)을 총칭함. ② 소양경(少陽經)의 별칭.

110 설기(薛己, 1486-1558) : 호는 입재(立齋). 명(明)대 의학자. 당시 명의로서 태의원(太醫院)에 근무하였던 부친 설개(薛鎧)의 가업을 계승하여 어의(御醫) 및 태의원 원사

와 장씨에 의지하고, 화가 움직이는 사람은 동원[111]과 단계에 의지하니 이것이 그 기본 되는 규범입니다. 그러나 양이 여유롭다는 이치는 말하기 어려움이 있는데, 화(火)가 움직임에 다 살아 있는 사람은 대체로 힘든 일로 고생하거나 하고 싶은 대로 다하는 사람이니, 진화(眞火)가 떠돌다 흩어지는 움직임을 따라 열이 됩니다. 이것은 모두 양허(陽虛)의 가화(假火)이니, 팔미환(八味丸) 재료에 십전대보탕(十全大補湯) 혹은 사군자(四君子)[112], 인삼, 부자를 조제해 다스리면 낫는 사람이 많을 것입니다. 단계가 명문(命門)의 진화는 떠돌다 흩어지는 움직임을 따라 갑자기 하늘로 올라 떠돌아다니는 불꽃처럼 된 것이라 말하지 않은

(院使)를 지냈음. 장원소(張元素), 이고(李杲) 등의 영향을 받아 진음(眞陰)과 진양(眞陽)을 보(補)하는 방제를 쓸 것을 제창하였음. 질병의 기술과 치료법에서 매우 독창적인 면이 많았고, 편집하고 교정하여 간행한 의서가 많음. 그의 책을 모아 놓은 『설씨의안이십사종(薛氏醫案二十四種)』에는 『내과적요(內科摘要)』, 『교주외과정요(校注外科精要)』, 『교주부인양방(校注婦人良方)』, 『교주전씨소아약증직결(校注錢氏小兒藥證直訣)』 등 10여 종의 의서들이 수록되어 있음.

111 동원(東垣) : 이고(李杲, 1180-1251)의 호. 금(金)대 진정(眞定) 사람. 유명한 의학자로 금원사대가(金元四大家)의 한 사람. 자는 명지(明之)이고, 호는 동원노인(東垣老人). 명의 장원소(張元素)를 스승으로 모셨고, 학술에 있어서도 오장변증론치(五臟辨證論治) 등 그의 영향을 많이 받았음. 당시 전란 등으로 기아와 질병이 만연하여 백성들에게 내상병(內傷病)이 많은데 착안하여 '내상학설(內傷學說)'을 제기하였고, 안으로 비위(脾胃)가 손상되면 온갖 병이 이로부터 생긴다고 생각하여 비위(脾胃)를 조리하고 중기(中氣)를 끌어올릴 것을 강조한 '비위학설(脾胃學說)'을 제기하였으며, 보중익기탕(補中益氣湯) 등 새로운 방제를 스스로 만들었음. 모든 병의 주된 치료를 비위의 치료에서 시작하였다 하여 그를 보토파(補土派)라 불렀음. 원(元)대 나천익(羅天益), 왕호고(王好古) 등이 그의 이론을 이어 받았으며, 『비위론(脾胃論)』, 『내외상변혹론(內外傷辨惑論)』, 『난실비장(蘭室祕藏)』, 『醫學發明(의학발명)』, 『藥象論(약상론)』 등의 저서가 있음.

112 사군자(四君子) : 사군자탕(四君子湯)에 들어가는 4가지 한약재인 인삼, 백출, 백복령, 감초.

것이 한스럽습니다. 저는 주정재주인(主靜齋主人)을 찾았었는데, 그는 의원으로서 화(火)가 움직이기 쉬우니 늘 음(陰)을 기르는 것이 좋다고 알고 있다면서 제게 말했습니다. "육미신기환(六味腎氣丸)을 먹으면 반드시 대변이 묽어질 것입니다." 제가 말했습니다. "먹으면 안 됩니다. 신기환이란 것은 수기(水氣)를 보충하는 약이며, 양기(陽氣)를 억누릅니다. 지금 그대의 맥이 느리고, 신간(腎間)의 움직임을 살펴보니 진화의 기운이 약합니다. 따라서 비위(脾胃)[113]의 양기가 부족해 차가움을 얻었으면 반드시 없애거나 바꾸기는 어려우니, 늘 삼(參), 출(朮), 강(薑), 계(桂)의 약으로 가르칩니다." 그는 머리를 끄덕였고, 오래지 않아 건강해진 후일에 다른 말을 했는데, 그가 말했습니다. "명문지화(命門之火)[114]가 비토(脾土)[115]의 열을 오르게 하는 것임을 비로소 알겠습니다. 오직 사람만이 하늘과 땅을 닮았지만, 같지 않은 것은 늘 고생이나 방로(房勞)[116]를 하므로 그 양(陽)이 위로는 떠돌다 흩어지고 아래로는 빠진다는 점일 것입니다. 대개 명문의 수(水)는 진기(眞氣)[117]가 늘 가득차서 따뜻하고, 사람이 그 물을 볼 수는 있으나 그 기(氣)를 논할 수는 없습니다. 기(氣)가 없는 사람은 수(水)만 있고 화(火)가 없는데, 이 때문에 양허(陽虛)임을 알 수 있습니다. 수(水)가 없는 사람은 단지

113 비위(脾胃) : 지라와 밥통. 소화기관.

114 명문지화(命門之火) : 신양(腎陽). 신의 양기(陽氣).

115 비토(脾土) : 비장(脾臟). 지라. 지라는 생명의 가장 밑바탕을 이루기 때문에 『황제내경』에서 비(脾)를 오행(五行) 중 토(土)에 배합함.

116 방로(房勞) : 성생활을 지나치게 해서 신정(腎精)이 몹시 소모된 것.

117 진기(眞氣) : 인체 생명 활동의 원동력이 되는 것. 선천적으로 받은 원기(元氣)와 후천적으로 생긴 곡기(穀氣)가 합쳐져 이루어진 것.

화(火)만 있을 뿐입니다. 그것을 비유하면, 한 방에 밝은 등불이 있다면 어둠 속을 비출 수 있는데, 이것이 수(水) 속의 양(陽)이고, 기(氣)이며, 따뜻함입니다. 이것이 명문의 진화이니 원기(元氣)이다. 월인(越人)[118]은 이른바 신간동기(腎間動氣)라 했고, 동원은 이른바 위기(胃氣)[119]의 근본이라 했으며, 장개빈(張介賓)은 이른바 진양(眞陽)이라 했다. 불이 그 속에서 일어나 그 방을 태운다면, 등불 또한 함께 꺼질 텐데, 불과 원기(元氣)는 양립하는 것이 아니다. 이 때문에 양실(陽實)임을 알 수 있습니다. 불이 그 속에서 일어나면 물로 끌 수 있는데, 등불을 끄는 것도 잘못은 아닐 것입니다." 지황(地黃)[120], 지(知)[121], 백(栢)[122]은 수(水)를 더하는 약으로 그 성질이 차고 서늘하니, 이것은 물로 불을 끄는 것이다. 차고 서늘함이 크게 지나치면 진양(眞陽)이 약해진다.

객이 '아직 드러나지 않은 화(未發之火)'를 묻다.

그것에 응해 말했다. "화(火)가 드러나지 않으면 사람은 그것을 알

118 월인(越人) : 편작(扁鵲)의 명(名). 성(姓)은 진씨(秦氏). 따라서 원명은 진월인(秦越人). 발해군(渤海郡) 사람으로서 춘추(春秋) 때 명의. 장상군(長桑君)에게서 금방(禁方)의 구전(口傳)과 의서(醫書)를 물려받아 명의가 되었다고 함. 제(齊)·조(趙)를 거쳐 진(秦)으로 들어갔는데, 진의 태의(太醫) 이혜(李醯)의 시기로 자객에게 피살당했음.

119 위기(胃氣) : 위(胃)의 기능.

120 지황(地黃) : 현삼과의 풀로 약초의 한 가지. 뿌리의 상태에 따라 선지황(鮮地黃)·건지황(乾地黃)·숙지황(熟地黃) 등으로 분류하며, 각각 해열(解熱)·보음(補陰)·보혈(補血)·강장(强壯)의 약재로 쓰임.

121 지(知) : 지모(知母).

122 백(栢) : 황백(黃柏). 황벽(黃蘗).

지 못하니, 대체로 한 방의 등불이란 것은 명문의 진화(眞火)이고, 기(氣)의 근원(根元)입니다. 이것은 월인(越人)이 이른바 신간동기(腎間動氣)이고, 동원이 이른바 위기(胃氣)의 근본이다. 불이 그 속에서 일어난다는 것은 명문지화(命門之火)가 움직이는 것입니다. 동원은 음화(陰火)[123]라 이름했는데, 그 조짐은 힘든 일과 즐기고 좋아하는 욕심에 있으니, 화(火)와 원기는 양립하지 않는 것입니다. 동원이 인삼과 황기로 양기(陽氣)를 돕고, 생지(生地)[124]와 지모와 황백으로 음화를 물리친다 한 것이다. 비유하면, 열 아름의 나무라도 처음 난 어린 싹은 발로 긁어 끊을 수 있고, 손으로 흔들어 뽑을 수 있으니, 다 자라지 않은 것에 의거하면 아직 나타나지 않은 것에 앞섭니다. 그것이 열 아름에 미치면 멀리서 바라보아도 나무가 되었음을 압니다. 대체로 사람도 병이 없으면 얼굴빛은 마치 가을철 날씨 같습니다. 귀가 조금 말라 있는 부인은 피가 말라서 근심스러운 얼굴빛이 없고, 맥을 짚으면 힘이 있는 듯하다 또 힘이 없는 것 같으며, 점점 잦아지고, 신간동기 또한 약해집니다. 이때 진양은 이미 줄어들어 처음 난 어린 싹과 같습니다." 객이 말했다. "그 줄어듦은 어떠합니까?" 대답했다. "얼굴빛이 마치 가을철 날씨 같다는 것은 양기가 가득차지 않은 것입니다. 양(陽)이란 것은 가득 참으로써 일정하게 되는데, 말랐다는 것은 양이 빈 것입니다. 그러므로 귀가 마르면 마른 뒤에 반드시 애태우니, 부인의 피가 마르

123 음화(陰火) : 음식·노권(勞倦)·칠정(七情)·상(傷)으로 생긴 화. 외부 사기(邪氣)의 침입이 아닌 음정(陰精)의 고갈로 치솟는 화.

124 생지(生地) : 생지황(生地黃). 지황 뿌리의 날것.

는 것은 화(火)의 조짐이 명문(命門)에서 일어난 것입니다. 명문이란 것은 비토(脾土)의 근원이며, 진양의 창고입니다. 모기(母氣)는 먼저 줄어듭니다. 대체로 피의 근원은 음식에서 생겨나는데, 지금 위(胃)의 기(氣)가 점점 허(虛)하고 피가 부족하기 때문에 마르면서 경수(經水)[125]가 끊겼을 것입니다. 비록 그러하나 몸은 튼튼해 평소와 같고 한열(寒熱)[126]과 해소(咳嗽)[127]도 없어 세상 사람들은 그것을 모릅니다. 동원만 홀로 감온(甘溫)이나 감한(甘寒)[128]으로 비위(脾胃)를 돕고, 음화를 조화시켜야 한다고 했습니다." 말했다. "원기가 상한 것은 아직 드러나지 않았을 때 치료할 수 있습니다. 화(火)가 처음 드러난 것은 어린 싹이 이미 자란 것과 같습니다. 마땅히 인삼과 황기에 생지황, 지모, 황백을 써야 합니다. 이씨(李氏)는 '비위가 원기의 근본이 되니, 위의 기를 잃지 않고 감완(甘緩)[129]으로 음화 물리치기를 구한다면, 음화는 스스로 물러나고 원기가 설 것이다'라 했습니다." 객이 말했다. "단계가 이른바 '허화(虛火)[130]는 인삼과 황기 따위로 도울 수 있다'는 것이 이것입니까?" 말했다. "맞습니다. 평범한 의원은 이러한 이치에 부합하지 않

125 경수(經水) : 월경(月經). 성숙한 여자의 자궁에서 정기적으로 피가 나오는 현상. 달거리. 월객(月客), 월사(月事), 월수(月水), 월후(月候).

126 한열(寒熱) : 오한(惡寒)과 신열(身熱)을 동반하는 병.

127 해소(咳嗽) : 기침.

128 감온(甘溫), 감한(甘寒) : '감온'은 맛이 달고 성질이 따뜻한 약이며, '감한'은 맛이 달고 성질이 찬 약.

129 감완(甘緩) : 맛이 달고 성질이 평순(平順)한 약.

130 허화(虛火) : 진음(眞陰)이 부족하여 생긴 화. 음기가 왕성하여 양기가 위로 뜬 상태인 음성격양(陰盛格陽) 때 생기는 가열(假熱)증상.

는데, 어린 싹이 크고 우람하면 인삼과 황기의 대제(大劑)로 물리치면서 생지황, 지모, 황백을 더해야함은 모릅니다. 땔감을 쌓아 불을 돕는 것이니, 그것은 마음을 다하지 않았다 하겠습니까? 어떤 사람은 '양(陽)이 여유로우면 화(火)가 움직이기 쉽다.'고 했습니다. 자음(滋陰)을 늘 좋아하는 것은 긴 세월 땔감을 줄여 솥 안을 차갑게 하는 것이니, 텅 비는 재앙이 손바닥 들여다보듯 분명할 것입니다."

'이발지화(已發之火)'

화(火)가 일어나기 시작하면 아직 드러나지 않은 것에 대한 근심을 없앨 수 있지만, 그렇지 않으면 마치 한 치 되는 어린 싹이 구름같이 빽빽한 큰 나무를 이루어 불타기 시작해 저절로 요원(燎原)[131]의 불길에 이름과 같을 것입니다. 『내경(內經)』[132]에 말하기를 "오장에 오화(五火)[133]가 생기는데, 그 가운데서도 콩팥에 생기는 것은 실화(實火)가 아니라 아직 드러나지 않은 것이다. 진양이 먼저 모자라면 그 증세가 남자는 귓바퀴가 마르고 얼굴색이 가을철 날씨 같으며, 부인은 피가 마

131 요원(燎原) : 불이 번져 들판을 태움. 불길이 강렬하게 번져가거나 기세가 맹렬하여 막을 수 없음의 비유.

132 『내경(內經)』 : 『황제내경(黃帝內經)』. 의학오경(醫學五經)의 하나. 황제와 그의 신하이자 명의인 기백(岐伯)과의 의술에 관한 토론을 기록한 것이라 하지만, 사실은 진한(秦漢)시대에 황제의 이름에 가탁(假託)하여 저작한 것으로 추정함. 이 책은 원래 18권인데, 전반 9권 「소문(素問)」은 천인합일설(天人合一說)·음양오행설(陰陽五行說) 등 자연학에 입각한 병리학설을 주로 다루었고, 후반 9권 「영추(靈樞)」는 침구(鍼灸)와 도인(導引) 등 물리요법을 상술하고 있음.

133 오화(五火) : 심(心)·간(肝)·비(脾)·폐(肺)·신(腎) 등 오장의 양기(陽氣)가 항진(亢進)된 것.

르는데, 화(火)가 비로소 드러난 것이다."라 했습니다. 『원병식(原病式)』[134]에 말하기를 "『내경』에 '콩팥에 열이 있는 사람은 얼굴빛이 검고, 이빨이 마른다'고 했는데, 대체로 얼굴빛이 검고 이빨이 마른 사람은 반드시 몸이 야위고 귓바퀴가 메말라 윤기가 없다."고 했습니다. 평범한 의원은 양(陽)이 먼저 모자라게 된 것이 아직 드러나지 않았음을 알지 못하고, 보음환(補陰丸)과 지황환(地黃丸)에 치우쳐 약을 씁니다. 그 양(陽)은 날이 지나면 위기(胃氣)를 줄여서 피곤해 고달프며, 내림은 많고 오름은 적으므로 비토(脾土)에 간직해 덥게 할 수 없습니다. 음식은 살과 살갗을 다 이루지는 못하는데, 반은 담(痰)을 이루며, 음화(陰火)가 더욱 습격해와 심장과 허파를 찌르기 때문에 기침하고 가래를 토합니다. 이어서 자한(自汗),[135] 도한(盜汗),[136] 일포(日晡)[137]에 한열(寒熱)이 교대로 일어나는데, 이에 갑자기 양(陽)을 도우면 허화가 힘을 얻어 거슬러 올라가고, 음(陰)을 도우면 비위(脾胃)가 더욱 지치니, 아! 마치 변방을 지키는 병사가 굳센 적을 대함과 같습니다. 그러나 대변이 묽은 설사이면 위기(胃氣)는 아래로 처지고 발등이 부어 오

134 『원병식(原病式)』: 『소문현기원병식(素問玄機原病式)』. 금(金)대 유완소(劉完素)의 편찬으로 1152년 전후에 간행된 의서. 전 1권. 주로 『소문(素問)』「지진요대론(至眞要大論)」 중의 병기(病機) 19조를 오운주병(五運主病)과 육기주병(六氣主病) 11조의 병기로 정리·취납시켜 증(證)마다 주석·설명하였고, 알맞은 치료 원칙을 제시하였음. 저자는 한량약(寒凉藥)을 응용한 청열해독법(淸熱解毒法)에 능하였으므로 이 책은 『황제내경(黃帝內經)』의 병기 이론과 의료 방법 및 순서를 연구하는 데 많은 참고 가치가 있음.

135 자한(自汗) : 병적으로 땀을 많이 흘리는 증세.

136 도한(盜汗) : 몸이 쇠약해 잠자는 동안에 나오는 식은땀. 허한(虛汗).

137 일포(日晡) : 해질녘. 신시(申時), 곧 오후 4시경. 포시(晡時). 일포(日餔).

래지 않아 죽는데, 저는 매우 불쌍히 여깁니다. 그러나 그 치료법에 통달할 수 없어 지나간 일도 좇지 못하는데, 앞날의 일은 오히려 미칠 수 있겠습니까? 철인(哲人)만 조짐을 알 뿐입니다.

'가화(假火)'

시진은 말하기를 "못 속의 아지랑이 모양은 마치 불이 들판의 도깨비불 같고, 그 빛은 횃불 같다. 이는 모두 불과 비슷하지만 불이 아닌 것이니, 대체로 가화의 일어남이다. 그것을 묶으면 세 가지가 있다. 그 첫째는 음식과 피로함으로 말미암아 상초(上焦)와 중초(中焦)의 양기가 부족해 열이 나고 자한(自汗)하는 사람이 있으니, 독삼탕(獨參湯), 보중익기탕(補中益氣湯), 이공산(異功散), 이중탕(理中湯), 십전대보탕(十全大補湯)의 몇 가지 논의를 참고해 감온(甘溫)으로 치료를 베푸는데, 따뜻함은 몹시 더운 기운을 없앨 수 있는 것이다. 아직 드러나지 않았거나 이미 드러난 화(火)의 진짜와 가짜는 아주 비슷한 사이인데, 사람의 생사가 달려있다. 둘째는 힘든 일과 즐기고 좋아하는 욕심으로 말미암아 명문(命門)의 진화(眞火)가 움직여 살갗에서 떠돌다 흩어지고, 혹은 양기(陽氣)가 아래로 빠져 몹시 더운 기운이 마치 손을 단근질하는 것 같은 사람이 있는데, 차고 서늘함을 치는 약을 잘못 먹은 것과 같으니, 명문의 원양(元陽)은 슬며시 약해지고, 심흉(心胸)의 동기(動氣)는 손을 두드리듯 하며, 두한(頭汗)[138]은 물 흐르는 것과 같다. 진화가 매우 빠르게 빠져 양(陽)을 잃는 사람은 반드시 죽을 것이다. 치료법

138 두한(頭汗) : 한증의 하나. 머리와 얼굴에만 땀이 나는 증.

은 삼부탕(參附湯), 팔미환(八味丸), 십전대보탕(十全大補湯)에 숙부자(熟附子)를 더하거나 혹은 사군자탕(四君子湯)에 부자(附子), 계피(桂皮)를 더해 약을 쓰면, 떠돌다 흩어지던 진양(眞陽)은 단전에 돌아오고, 배꼽 아래 동기는 한곳에 모이며, 가열(假熱)[139]은 즉시 떠나간다. 셋째로 수기(水氣)가 다해 화기(火氣)와 같은 것은 격양증(格陽症)[140]이다. 음(陰)이 다해 번조(煩躁)[141]를 일으키고, 약간 갈증 나며, 얼굴이 붉고, 흙탕물이나 우물 속에라도 앉거나 눕고자하며, 맥에 힘이 없거나 혹은 맥이 전혀 없어 끊어지려고 하는 사람에게 회양반본탕(回陽反本湯)을 쓰면 편안한데, 사람들은 그것을 모르고, 가화를 가지고 실화(實火)라 여기며, 음허(陰虛)[142]를 가지고 양허(陽虛)라 여긴다."고 했습니다. 아! 생사의 길이 여기에 있으나, 털끝만큼의 차이가 천리만큼 어긋나게 되니 자세히 분별하지 않을 수 있겠습니까?

객열(客熱)[143]이 콩팥 속에 들어간 것은 지모와 황벽으로 다스립니다. 화(火)를 내리는 치료법은 단계에 의지한다.

상한, 온열병, 두통(頭痛), 발열(發熱),[144] 구건(口乾)[145]에는 발표(發

139 가열(假熱) : 병의 본질은 한증인데, 겉으로는 열증 비슷한 거짓증상이 나타나는 것.

140 격양증(格陽症) : 양(陽)이 몹시 성하여 음기와 조화되지 못하는 것. 내부는 음(陰)이 왕성하나, 양의 증상이 나타나는 상태.

141 번조(煩躁) : 가슴 속이 달아오르면서 답답하고, 편안치 않아서 팔다리를 가만히 두지 못하는 증상.

142 음허(陰虛) : 음액(陰液)이 부족한 증. 주로 진액, 정, 혈 등이 부족해서 생김.

143 객열(客熱) : ① 밖으로부터 침입한 열사. ② 상한병에서 허열이나 가열(假熱).

144 발열(發熱) : 열나기를 주증으로 하는 증(症). 체온이 정상보다 높아진 것.

145 구건(口乾) : 입 안이 마르는 것.

表),[146] 해기(解肌)[147]의 약을 여러 번 쓰고, 해질녘 발열이 더욱 심해지거나 혹은 낮에 증세가 가볍다가 밤에 무거우며, 맥이 잦고 눌러보아 힘이 없으면, 이것은 객사(客邪)[148]가 콩팥 속에 들어가서 음허화동(陰虛火動)[149]이 된 것입니다. 육미환(六味丸) 재료로 탕을 만들어 지모, 황벽을 더해 약을 쓰면 안정됩니다. 또 발열, 담천(痰喘)[150]으로 누울 수 없고, 호흡이 빠르며, 대변은 막혔고, 맥이 잦고 눌러보아 힘이 없는 사람은 자음강화탕(滋陰降火湯), 청리자감탕(淸離滋坎湯)으로 즉시 안정됩니다. 제가 몇 사람을 치료해 효과를 얻은 것입니다. 동원은 말하기를 "객사(客邪)와 주기(主氣)[151] 두 화(火)[152]가 서로 가까이해 열병이 되는 것이다."라 했습니다. 설씨와 장씨에게 의지하는 사람은 가화로 여겨 인삼과 백출을 쓰니 편안할 수 있겠습니까? 두문(斗文)이 자세히 읽었거나 한 번 눈길이 스쳤을 것이다.

146 발표(發表) : 땀을 내어서 겉(表)에 있는 사기를 없애는 치료법의 하나.

147 해기(解肌) : 외감병 초기에 땀이 약간 나는 표증을 치료하는 방법.

148 객사(客邪) : 밖으로부터 침입한 사기(邪氣).

149 음허화동(陰虛火動) : 음이 허한 것으로, 음양의 균형이 파탄되어 화가 동하는 것.

150 담천(痰喘) : 기관지에 가래가 끓어서 숨이 참.

151 주기(主氣) : 운기론에서 쓰는 말. 4철 24절기에 풍(風)·열(熱)·습(濕)·화(火)·조(燥)·한(寒)의 6기가 땅 위에서 기후의 주요 표현으로 나타나는 것. '운기'는 '5운 6기'. '5운'은 수(水)·화(火)·토(土)·금(金)·목(木)의 상호 추이(推移)를 뜻하며, 6기'는 풍(風)·한(寒)·서(暑)·사(瀉)·조(燥)·화(火).

152 이화(二火) : 군화(君火)와 상화(相火). '군화'는 ① 심화(心火, 심에 열이 왕성한 것) ② 심양(心陽)과 심의 기능이라는 뜻. '상화'는 간·담·신·삼초의 화를 통틀어 이르는 말.

삼가 대답했다. 두문

그대가 말한 것은 깊은 이치가 매우 마땅하고, 선철의 논의는 효과가 큽니다. 대마도부터 에도에 이르기까지 이치를 말하고 병을 고치는 의술을 업으로 삼는 사람들은 옛 사람의 법을 많이 어겼는데, 오늘에야 그대가 총명하고 지혜로움을 바로 알겠습니다. 명문(命門)의 학설을 논한 것에 "하늘은 이 화(火)가 없으면 만물을 생겨나게 할 수 없고, 사람은 이 화가 없으면 오운(五運)[153]을 생겨나게 할 수 없다."고 했습니다. 『내경』에 "장화(壯火)[154]는 기(氣)를 소모시키고, 기는 소화(少火)[155]를 소모시키며, 소화는 기를 생겨나게 한다."고 했습니다. 이로써 명문이 약해지면 원양(元陽)이 모자라게 됨을 알 수 있는데, 옛 사람은 팔미환에 부자를 갖추어 화의 근원을 도와 음예(陰翳)[156]를 없앴습니다. 음허(陰虛)의 증세는 황백과 지모를 조금 더함이 옳습니다. 양허(陽虛)에는 어찌 차고 서늘한 약을 쓰겠습니까? 선의(仙醫)의 도(道)는 음양을 자세히 살피는 것이니, 아마도 동원(東垣)의 문(門)에 오를 수 있을 것입니다. 상한에 해질 무렵마다 열이 나는 것에 대한 학설은 열이 피에 있으니, 소시호탕(小柴胡湯)[157]에 사물탕(四物湯)을

153 오운(五運) : 오행(五行)의 운행. 그 운행에는 상승(相勝)과 상생(相生)의 구별이 있음.

154 장화(壯火) : 지나치게 왕성해져서 몸 안의 정기(正氣)를 소모시키는 화. 몸의 정상적 생리기능을 장애하는 병인적인 화.

155 소화(少火) : 정상적으로 가지고 있는 생기(生氣)의 화(火). 몸의 정상적 생리활동을 유지하는데 필요한 양기.

156 음예(陰翳) : ① 날씨가 흐려서 어둠침침함. 또는 그늘져 어둠침침함. ② 나무가 무성하여 그늘이 짐.

157 소시호탕(小柴胡湯) : 반표반리증(半表半裏症)으로 추웠다 열이 났다 하면서 가슴과

합하면, 그 효과는 마치 신(神)이 좁은 대롱을 통해 보는 것과 같아서 이는 옳고 그름을 모르는 것과 같습니다.

여쭈었다. 슌포

그대가 여행의 피곤함도 마다하지 않고, 황공하게 높은 깨우침을 베풀어주셔서 거듭 감사합니다. 이에 술과 안주를 올리니 한 잔 술을 기울이시며, 잠깐 걸상을 맞댄다면 다행이겠습니다.

대답했다. 두문

멀리 여행하는 나그네는 새벽에 나가서 저녁에야 돌아와 많은 일로 지치고도 남는데, 이르는 곳마다 이치를 말하고 병을 묻는 사람이 얼마나 많습니까? 이 때문에 정신이 몹시 피곤하여 이와 같은 졸필(拙筆)로 줄이니, 처음과 끝을 보고 총명함과 지혜로움으로 양해하고 용서해 주시면 다행이겠습니다.

상권(上卷) 종(終)

옆구리가 답답하고, 단단한 감이 있으며, 입맛이 없고, 때로 구역질을 하며, 입이 쓰고 마르며, 어지럼증이 나는 데 씀. 약재는 시호·속썩은 풀·인삼·끼무릇·감초·생강·대추.

상한의담(桑韓醫談) 권하(卷下)

여쭈었다. 슌포

비록 논의 끝부분에 치료법을 붙였지만, 아마도 보시는데 피곤할듯 해 그것을 빼버렸습니다. 그러나 이것 또한 소매 속에 넣어왔으니, 높으신 그대에게 허락하는 뜻이 있든 없든 엎드려 바라건대, 완적(阮籍)[158]의 눈이 한번 청안(青眼)이 되듯 하여 귀중한 말 한 마디만 내려주십시오. 높은 가르침에 생사의 요점으로 무엇을 더해 내려주시겠습니까? 저는 나쁜 버릇 치료하기를 즐겨 의지하고, 속마음을 드러내 말하기를 두려워하지 않습니다. 아! 초파리는 독 밖에 하늘이 있음을 알지 못할 뿐입니다.

치법(治法)

비위(脾胃)

『내경』에 말하기를 "오장이란 것은 모두 위(胃)에서 기(氣)를 받았고, 위란 것은 오장의 근본이다."라 했고, 또 "진기(眞氣)란 것은 하늘에서 받은 것인데, 곡기(穀氣)[159]와 함께 몸을 채운다."라 했습니다. 이 때문에 동원노인(東垣老人)은 보신(補腎)[160]과 보비(補脾)[161]라는 귀중한

158 완적(阮籍, 210-263) : 삼국 때 위(魏)의 시인. 죽림칠현(竹林七賢)의 한 사람. 자는 사종(嗣宗). 노장(老莊)의 학을 좋아하고, 술을 좋아하였으며, 거문고를 잘 탔음. 조카인 함(咸)을 소완(小阮)이라 함에 대해 대완(大阮)이라 함. '청안백안(青眼白眼)' 고사가 유명한데, '청안'은 관심과 애정이 어린 그윽한 눈으로 상대를 바라보는 행위이고, '백안'은 눈동자 흰자위가 많이 드러나는 일종의 사시(斜視)로 눈을 흘기는 동작임.

159 곡기(穀氣) : 음식물을 소화하여 흡수한 영양물질.

말을 내놓았습니다. 공씨(龔氏)[162]는 말하기를 "사람은 생명이 있되, 섭양(攝養)[163]을 잘못하거나 방로(房勞)가 정도를 지나쳐 진양(眞陽)이 쇠약하고 무기력해진다. 감화(坎火)가 따뜻하지 않으면 비토(脾土)의 열을 오르게 할 수 없고, 충화(冲和)[164]는 넓게 펴지지 못하며, 중주(中州)[165]는 움직이지 않는다. 이렇게 되면 마시고 먹는 일이 왕성하지 못하여 흉격(胸膈)은 비색(痞塞)[166]하고, 먹지 않아도 창만(脹滿)[167]하며, 혹은 이미 먹었다면 소화되지 않아 대부(大腑)는 묽은 설사를 한다. 이는 모두 진화(眞火)가 쇠약하여 비토에 간직해 덥게 할 수 없어 그런 것이다. 옛사람이 이르기를 '보신은 보비만 못하다.'고 하였는데, 보비도 보신만 못하다는 말이다. 신기(腎氣)[168]가 만일 굳세면 단전(丹田)의

---

160 보신(補腎) : 보법(補法)의 하나. 신이 허한 것을 보호하는 방법.

161 보비(補脾) : 비가 허약한 증상이 나타날 때 쓰는 치료법. 건비(健脾). 익비(益脾).

162 공정현(龔廷賢, 1522-1619) : 명(明)대 의학자. 자는 자재(子才), 호는 운림(雲林)이며, 강서성(江西省) 금계(金谿) 사람. 태의원(太醫院)에서 임직했던 공신(龔信)의 아들임. 태의원 이목(吏目)을 역임함. 저서에 『만병회춘(萬病回春)』, 『제세전서(濟世全書)』, 『수세보원(壽世保元)』, 『종행선방(種杏仙方)』, 『운림신구(雲林神彀)』, 『본초포제약성부정형(本草炮制藥性賦定衡)』, 『노부금방(魯府禁方)』 등이 있고, 부친이 편찬하던 『고금의감(古今醫鑑)』을 완성시켰음. 그의 저술은 매우 광범위한데, 주로 유명한 학설을 인용·절충하였고, 주관적 견해는 매우 적으며, 일부 관념적 논술이 포함되어 있음.

163 섭양(攝養) : 섭생(攝生). ① 적당한 운동과 식사로 건강을 유지 관리함. 양생(養生). ② 생명을 유지함.

164 충화(冲和) : ① 부드럽게 조화함. ② 천지의 진기(眞氣). 원기(元氣).

165 중주(中州) : ① 비(脾) 또는 비위(脾胃)라는 뜻. ② 장부(臟腑)가 지세(地勢)에 응하는 것.

166 비색(痞塞) : 기혈(氣血)이 한 곳에 몰려 통하지 못함.

167 창만(脹滿) : 배가 몹시 불러 오면서 속이 그득한 감을 주 증상으로 하는 병증.

168 신기(腎氣) : ① 신(腎)의 기능. 한의학에서 이르는 신장의 기. 신의 기는 선천적인

화는 비토의 열을 오르게 해서 비토가 따뜻해지고 중초는 저절로 다스려지니 먹는 일을 왕성하게 할 것이다."라 했습니다. 치료법은 팔미환 재료에 인삼과 백출을 더한다. 제가 이를 따라 얻은 것은 신간동기(腎間動氣)입니다. 이것의 움직임을 알면 열은 차갑게 하고, 넘치는 것은 빼주며, 모자란 것은 조화시키고 더해줍니다. 또 느리게 하거나 급하게 할 수도 있습니다. 어떤 사람이 나이는 50세인데, 비위가 피곤해 고달프고 종창(腫脹)[169]을 앓으며, 맥을 짚어보니 느리고 힘이 없었습니다. 어떤 의원은 말하기를 "위기(胃氣)가 모두 비었으니, 십이관(十二官)[170]이 그 할 일을 잃은 것이다. 따라서 차례대로 전달해 보내는 것도 잃고, 늘 종창(腫脹)이 일어나서 보중익기탕, 이공산을 몇 달 써도 효과가 없었고, 반년이 지나서 죽었다."고 했습니다. 아! 막혔도다! 동원(東垣)의 귀중한 말로 흙덩이를 삼았구나. 드러나지 않은 때에 익기탕, 이공산을 늘 쓰고, 음식을 조절하며, 즐기고 좋아하는 욕심을 끊어 섭양(攝養)하면 반드시 치료할 수 있으니, 느리더라도 이와 같이 함이 마땅합니다. 그 증세가 이미 일어나서 맥이 느리고 배가 불룩해지며 속을 태우고 괴로워하면 진화(眞火)를 온보(溫補)[171]할 것이 아니니, 비위(脾胃)가 무슨 이유로 치료되겠습니까? 또 어떤 사람은 나이가 50세

것으로 사람의 생장·발육과 요수(夭壽)에 관계함. ② 남성의 정력.

169 종창(腫脹) : 염증이나 종기 같은 것이 생겨서 부어오름.

170 십이관(十二官) : 십이장(十二臟). 장부(臟腑)의 총칭. 심(心)·간(肝)·비(脾)·폐(肺)·신(腎)·심포락(心包絡)·담(膽)·위(胃)·대장(大腸)·소장(小腸)·방광(膀胱)·삼초(三焦)를 포괄함.

171 온보(溫補) : 성질이 더운 보약으로 허한증(虛寒症)을 치료하는 방법.

인데, 1년간 종창을 앓았습니다. 제가 5월 하완(下浣)[172]에 가서 맥을 짚어보니 느리면서 약했고, 배가 불룩했으며, 온몸은 크게 부어 뱃가죽이 찢어지려 했고, 대변은 저절로 설사를 했으며, 손을 쓸 수 없어 약을 먹을 때 곁에 있는 사람이 숟가락으로 주었고, 죽음이 늘 머물러 있었습니다. 저는 단전(丹田)의 진화가 줄어들어 매우 약해진 것이라고 생각했습니다. 인삼·부자 각각 1돈 반, 백출·육계(肉桂)[173] 각각 1돈, 건강(乾薑)[174] 7푼을 약으로 만들어 주니 15일 만에 대변은 고르게 되었지만 소변이 막혀서 통하지 않았는데, 약을 강하게 쓴 지 15일 만에 오줌은 샘물이 솟아오르듯 했습니다. 중추(中秋)[175]에 조금씩 걸었고, 초동(初冬)[176]에 완전히 안정되었습니다. 이로써 살펴 생각할 수 있었습니다. 또 양허(陽虛) 음화(陰火)인 사람이 있다면, 마땅히 동원을 의지하여 치료를 베풀고, 양실(陽實)한 사람은 그 치료법이 아직 드러나지 않은 화(火)의 분별함에 있습니다.

양(陽)을 돕다.

어떤 사람이 나이는 55세이고, 힘든 일로 고생하며 풍한(風寒)[177]에

172 하완(下浣) : 하한(下澣). 하순(下旬). 그 달 스무 하루부터 그믐날까지의 동안.
173 육계(肉桂) : 계피(桂皮). 녹나무과에 속하는 육계나무 곧 계수나무의 껍질을 말린 것.
174 건강(乾薑) : 생강과에 속하는 생강의 뿌리줄기를 말린 것.
175 중추(中秋) : 가을의 한창 때. 음력 8월. 중상(仲商).
176 초동(初冬) : ① 초겨울. 맹동(孟冬). ② 음력 10월의 별칭.
177 풍한(風寒) : 병을 일으키는 두 요소인 풍사(風邪)와 한사(寒邪)가 겹친 것. 또는 찬 바람을 쐬어 생긴 병.

걸렸는데, 차가운 성질로 열을 내리고 흩는 약을 먹은 뒤로도 날마다 피곤해 고달프고, 발열(發熱) 자한(自汗)하며, 대변은 묽은 설사를 하고, 발등은 부어 병이 위중함에 이르렀습니다. 제가 맥을 짚어보니 느렸고 살펴보니 힘이 없었으며, 명치는 텅 비었고, 배꼽 아래의 움직임은 약하며 작았습니다. 이것은 명문지화(命門之火)가 약해져서 비토(脾土)가 허한(虛寒)[178]한 것입니다. 발열하게 된 사람은 신경(腎經)[179]의 허화(虛火)가 밖으로 두루 돌아다닙니다. 급한 대로 인삼 2돈, 부자 1돈 반으로 1첩을 만들어 양(陽)을 도울 수 있었고, 아울러 사군자탕에 부자와 계피를 더하여 약의 용량을 많이 해서 몇 첩을 쓰니 안정되었습니다. 장씨(張氏)는 말하기를 "사람은 곧 작은 세상이니, 양(陽)을 얻으면 살고 잃으면 죽을 것이다."라 했습니다. 저는 대체로 심(心)이란 것은 신명지사(神明之舍)[180]요 군주지관(君主之官)[181]이고, 기(氣)란 것이 그 명(命)을 들어 행하는데, 그 기의 근원은 콩팥 사이의 진양(眞陽)에 있으며, 생명의 근본이 되는 것이라고 생각합니다. 원양자(元陽子)[182]가 말하기를 "대도(大道)[183]는 이름이 없으나 기가 아니면 온갖 사물을 낳아 자라게 할 수 없다. 따라서 기화(氣化)[184]하면 사물은 나서 자라

178 허한(虛寒) : 정기(正氣)가 허하고 속이 찬 증상이 겸해서 나타나는 것. 허한증(虛寒症).

179 신경(腎經) : 12경맥(經脈)의 하나인 족소음신경(足小陰腎經)의 준말.

180 신명(神明) : 신(神) 또는 마음이나 정신과 같은 뜻.

181 군주지관(君主之官) : 심(心). 심은 몸에서 제일 주(主)되는 장기라는 뜻에서 붙인 이름.

182 원양자(元陽子) : 신선(神仙).

183 대도(大道) : 자연 법칙.

고, 기가 변하면 사물은 바뀌며, 기가 많으면 사물은 굳세고, 기가 약하면 사물은 약하며, 기가 바르면 사물은 화순하고, 기가 어지러우면 사물은 병들며, 기가 끊기면 사물도 죽으니, 이른바 기란 것은 양(陽)이다. 일양(一陽)이 사람의 몸에 머무르면 나서 자라게 되고, 가득차면 늘 행함을 얻으며, 떠나가면 삶을 잃는다."고 했습니다. 『내경』에 말하기를 "음양(陰陽)의 요점은 양밀내고(陽密乃固)[185]이다."라 했습니다. 이것은 음(陰)이 믿는 것은 오직 양이 주(主)가 되는 것이라는 말입니다. 양만 있고 음이 없으면 나서 자라지 못하고, 음만 있고 양이 없어도 다 이루지 못합니다. 그러므로 임금이 머무를 곳을 잃는다면, 죽고 사는 기틀도 양의 지나침과 미치지 못함에 있는 것입니까?

맥이 끊어졌지만 살고, 맥이 정상이지만 죽다.

어떤 사람이 나이는 30세인데, 여름철에 열증(熱證)[186]을 앓았습니다. 의원을 바꿔 치료했으나 효과가 없었고, 20일 뒤 맥은 있는 듯 없는 듯했으며, 손발은 차가왔고, 말을 못했으며, 보지 못했고, 듣지 못했으며, 몸도 움직일 수 없어 살기를 꾀했으나 죽게 되었습니다. 저는 신간동기(腎間動氣)를 살폈습니다. 호흡은 있는 것 같았고, 또한 근기

184 기화(氣化) : ① 기가 몸 안에서 순환하면서 물질을 발생시키고 변화시키는 기능. ② 자연 6기의 변화.

185 양밀내고(陽密乃固) : 양기가 빼곡히 체내를 채워 몸이 그 기운으로 단단하고 탄력 있게 되는 것.

186 열증(熱證) : 열사(熱邪)에 의해 생긴 병증과 여러 가지 요인으로 양기(陽氣)가 왕성해 열증 증상이 나타나는 병증.

(根基)가 있는 듯 보였으며, 흉격(胸膈)에서는 급박하지 않았습니다. 곧 인삼과 부자 각각 10돈으로 약을 써서 다 마시기에 이르자 몸을 뒤척일 수 있었고, 비로소 먹을 것을 찾았습니다. 손발은 따뜻했고, 원양(元陽)은 배꼽 아래에 돌아왔으며, 맥은 한번 호흡에 5번을 뛰었는데, 부자이중탕(附子理中湯)[187] 몇 첩을 써서 안정되었으니, 신간동기가 끊어지지 않은 사람은 살 수 있는 이치가 있지 않겠습니까?

어떤 사람이 나이는 35세인데, 곽란토사(霍亂吐瀉)[188]에 손발이 조금 차가왔고, 맥은 약하며 작아서 삼부탕, 부자이중탕을 몇 첩 썼지만 효과 없이 맥이 끊어졌고, 식은땀이 흐르듯 했으며, 두 손에서 팔꿈치에 이르기까지 얼음처럼 차가왔습니다. 또 뱃속의 음식을 토했고, 약도 토해 죽음이 오래지 않은 시간에 있게 되었습니다. 저는 비록 맥이 없으나 토했다는 것은 승기(升氣)[189]는 가지고 있는 것이라 생각했습니다. 양이 끊어지지 않았음을 알았는데, 잠심(潛心)[190]함과 같았고, 증후(證候)는 신간동기가 머무는 곳에 있었으며, 목소리 또한 근기(根基)를 가지고 있었습니다. 이것은 실(實)이 허(虛)와 비슷한 것임을 알아 그에게 빈랑(檳榔)[191] 1돈을 썼더니 토하던 것이 즉시 그쳤고, 손발은 따뜻해졌

187 부자이중탕(附子理中湯) : 약재는 부자·당삼(黨蔘)·건강(乾薑)·백출·자감초(炙甘草). 비위허한(脾胃虛寒)으로 자주 설사를 하며, 배가 불어나고 아프며, 입맛이 없고 때로 토하며, 손발이 차고 추위를 타며, 맥이 약한 데, 어린이 만경풍 또는 군침을 많이 흘리는 데 씀.

188 곽란토사(霍亂吐瀉) : 토하고 설사하는 급성위장병.

189 승기(升氣) : 기를 끌어올림.

190 잠심(潛心) : 마음을 가라앉혀 한 곳에 집중함. 잠신(潛神).

191 빈랑(檳榔) : 종려과의 상록 교목인 빈랑나무의 열매. 모양은 타원형이며 황적색으로

으며, 식은땀도 그쳤고, 맥이 나타났습니다. 3돈을 계속 복용하자 음식 먹을 생각을 했고, 불환금정기산(不換金正氣散)[192]으로 조화롭게 하여 안정되었으니, 맥이 끊어졌지만 사는 사람도 있지 않겠습니까?

어떤 사람이 나이는 58세인데, 토사(吐瀉)한 뒤에 먹지 않아도 배가 점점 불러올라 팽팽해졌고, 덩어리 하나가 명치에 가로 놓였으며, 아무 때나 뱃속의 음식을 토했습니다. 어떤 의원은 상식(傷食)[193]이라 했고, 어떤 사람은 산기(疝氣)[194]라 하며 치료했지만 효과가 없었고, 맥은 한번 호흡에 5번을 뛰었는데 점점 약해졌으며, 신간동기(腎間動氣)는 전혀 없었습니다. 저는 명문(命門)의 진화(眞火)가 매우 약해져서 비토(脾土)가 허한(虛寒)하고, 식적(食積)[195]하여 나아가지 못하는 것이라고 생각했습니다. 『내경』에 말하기를 "건장한 사람은 기(氣)가 도니 병이 낫고, 허약한 사람은 쌓여서 병이 이루어진다."고 했습니다. 평소 양기(陽氣)가 돌 수 없기 때문에 쌓이니, 어떻게 순기(順氣)[196]하는 약으로 음식을 소화시켜 돌게 하겠습니까? 인삼, 부자, 생강, 계피, 축사(宿

익고, 적취(積聚)·구충(驅蟲) 등에 약재로 쓰임.

192 불환금정기산(不換金正氣散) : 약재는 창출, 귤피, 반하국, 후박, 곽향, 감초. 상한, 온역, 시기감창, 곽란토사, 한열왕래, 담허식적, 두통상열, 요배구급, 비위불화, 장부허한 허열, 하리적백, 산람장기, 창저 등에 씀. 『태평혜민화제국방(太平惠民和劑局方)』 처방.

193 상식(傷食) : 음식에 의해서 비위가 상한 병증. 식상(食傷)·식체(食滯).

194 산기(疝氣) : 고환이나 음낭이 커지면서 아프거나 아랫배가 켕기며 아픈 병증. 산증(疝症).

195 식적(食積) : 비위(脾胃)의 운화(運化)기능 장애로 먹은 음식물이 정체되어 생긴 적(積)의 하나.

196 순기(順氣) : 폐위(肺胃)의 기가 반대로 치솟는 증후를 치료하여 기를 순조롭게 하는 방법.

砂)[197] 무리가 아니면 치료할 수 있는 이치가 없습니다. 약 기운이 이기면 치료할 수 있지만, 이길 수 없어서 도리어 더욱 토하게 된 것은 치료할 수 없는데, 3,4첩을 강하게 써도 토하는 것이 오히려 그치지 않았습니다. 저는 그가 죽을 것을 알았는데, 작별을 고하고 떠나간 지 30일이 지나 죽음을 알려주었습니다. 이것이 맥은 정상인데도 죽는 증세입니까?

실(實)이 허(虛)와 비슷한 것은 약으로 배설시키거나 조화시킨다.

어떤 부인이 나이는 25세인데, 평소 허약하면서 화(火)의 조짐이 있어 지난해 팔물탕(八物湯)을 썼더니 안정되었다가 중하(仲夏)[198]에 곽란토사(霍亂吐瀉)를 앓았습니다. 맥은 있는 듯 없는 듯했고, 토한 뒤에 근육 경련이 심했으며, 수족궐랭(手足厥冷)[199]했으니, 이것은 한여름 더위가 경락(經絡)[200]을 마르게 한 것입니다. 사물탕에 생지황을 더하고 육계로 도와서 1첩을 쓰자 근육 경련은 즉시 그쳤으며, 손발이 미지근해졌고, 오심(惡心)[201]이 있었으나 맥은 전과 같아졌으며, 잠깐 뒤에 눈 흰자위가 넓어졌고, 심하게 야위어 매우 위중했습니다. 어떤 의원은

---

197 축사(宿砂) : 생강과에 속하는 축사 또는 양춘사(陽春砂)의 여문 씨를 말린 것. 축사(縮砂). 축사씨.

198 중하(仲夏) : 여름의 한창때. 음력 5월.

199 수족궐랭(手足厥冷) : 팔다리의 팔꿈치와 무릎 이상에 이르기까지 시린 증상. 수족역랭(手足逆冷). 사역(四逆).

200 경락(經絡) : 경맥(經脈)과 낙맥(絡脈). 인체 내의 기혈(氣血)이 운행하는 통로의 줄기와 갈래.

201 오심(惡心) : 속이 불쾌하고 토할 듯한 기분이 생기는 현상. 범오(泛惡).

진맥하고 말하기를 "치료할 수 없습니다. 만약 인삼으로 약을 짓더라도 살릴 수 있는 이치가 있겠습니까?"라 했습니다. 온 집안이 그것을 듣고 놀라 울며 갑자기 인삼으로 약을 지어 썼는데, 도리어 토하는 것이 심해졌고, 거의 숨이 끊어지려고 했기 때문에 다시 저를 불렀습니다. 제가 사물탕을 먼저 써야 한다고 생각한 사이에도 오심이 있었고, 비록 근육 경련은 안정되었지만, 이것은 음식에 체한 것이 다가 아님을 알았습니다. 그러나 어떤 의원은 맥이 있는 듯 없는 듯한데, 인삼으로 약을 지어 써서 머물러 남아 있도록 도왔으니 더욱 토하게 된 것입니다. 지금 비록 맥이 약하고 토하더라도 충심(衝心)[202]하는 것은 양(陽)의 움직임입니다. 또 명치를 눌렀더니 아파했고, 배꼽 아래 동기(動氣)는 힘이 있는 것 같았는데, 이에 증세는 취(取)[203]했지만, 맥은 얻을 수 없었습니다. 불환금정기산에 복령을 더하여 1첩 썼더니 토하던 것이 그쳤고, 2첩에 먹을 것을 찾았으며, 맥은 점점 이어졌고, 7첩에 자리에서 일어났으며, 팔물탕으로 조리(調理)[204]해 안정되었습니다. 허(虛) 속에 실(實)이 있는 것은 먼저 조화롭게 한 뒤에 그것을 돕고, 혹은 먼저 도운 뒤에 조화롭게 합니다. 허실은 아주 비슷한 사이인데, 살리고 죽이는 일도 여기에 있습니까?

어떤 사람이 나이는 30세인데, 열증(熱證)을 앓았습니다. 날이 지나도 풀리지 않았고, 의원도 3번 바꾸었으나 효과가 없었습니다. 귀먹어

202 충심(衝心) : 병 기운이 가슴으로 치밀어 오르는 것.

203 취(取) : 5치의 하나. 열이 좀 심할 때, 성질이 찬 약으로 치료하거나 사기가 있는 부위와 반대되는 부위를 택하여 치료하는 방법.

204 조리(調理) : 병을 치료하면서 건강을 관리함.

소리를 듣지 못했고, 혀는 검게 타서 말을 못했으며, 그 몸은 매우 야위었고, 손으로 약을 먹을 수 없었으며, 몸은 움직일 수 없었습니다. 독삼탕을 썼으나 죽음을 기다리게 되었습니다. 이웃사람이 두려워하자 그 부모가 뉘우치고 저를 불렀습니다. 가서 진맥하니 두 척맥(尺脈)[205]은 약하며 작았고, 명치를 눌러보니 맥이 있는 것 같았는데, 다만 주름 잡힌 얼굴이 참기 어려운 듯했습니다. 저는 실(實)이 허(虛)와 비슷한 상태임을 알고, 급히 조위승기탕(調胃承氣湯) 1첩을 썼더니 혀를 내놓고 약을 찾았으며, 2첩에 말을 할 수 있었고, 3첩에 먹을 것을 찾았으며, 뒤에 조리해 안정되었습니다.

아직 드러나지 않은 화(未發之火)

어떤 사람이 나이는 40세인데, 10월에 얼굴빛이 근심스러웠습니다. 몹시 게으르고, 눕기를 즐겼으며, 약간 해소(咳嗽)기를 띠었습니다. 그러나 앓지는 않았는데, 다만 음식의 맛을 알지 못할 뿐이었습니다. 맥은 잦고 눌러보니 힘이 없었으며, 신간동기(腎間動氣)는 있는 듯하면서 없는 것과 같았습니다. 저는 놀라 치료했습니다. 사군자탕에 당귀(當歸)·축사(宿砂) 혹은 육계를 더하여 원양(元陽)의 허(虛)함을 도왔습니다. 아울러 육미신기환에 인삼·백출을 더하여 한편으로 원양을 돕고, 한편으로 진음(眞陰)을 도와 양(陽)이 실(實)하도록 만들었습니다. 매일

205 척맥(尺脈) : 촌구 3부맥의 하나. 척부위에서 나타나는 맥. 관부(요골경상돌기)에서 뒤로 1치 되는 곳. 왼쪽 척에는 신(腎)·방광, 오른쪽 척에는 명문(命門)·삼초의 기능상태가 나타남.

이와 같이 쓰기를 마치 천평(天平)[206]을 바로잡듯 해서 한 가지가 치우쳐 이길 수 없게 했습니다. 만약 양을 돕는 약에 치우침이 많으면 양만 왕성하고 음은 사라져 장화(壯火)가 더욱 움직이고, 만약 음을 돕는 약에 치우침이 많으면 양기(陽氣)가 줄어들고 움직임을 게으르게 합니다. 그 또한 이러한 이치를 알고 약 먹기를 게을리 하지 않아 이듬해 3월에 이르자 비로소 안정되었습니다.

가화(假火)

어떤 사람이 나이는 40세인데, 대두통(大頭痛)[207]을 앓아 20일 동안 그치지 않았습니다. 열이 났고, 눈은 붉었으며, 머리와 얼굴에만 땀이 났고, 발은 차가왔습니다. 세 사람에게 머리를 감싸 안도록 시켰지만 오히려 견디기 어려워했습니다. 맥은 느렸고, 깊이 진찰하니 전혀 없었으며, 그 배는 잘 눌러보니 배꼽 아래 동기(動氣) 또한 작았습니다. 저는 『난경』에 "진맥함에 뼈까지 닿도록 깊이 눌렀다가 손가락을 약간 뗄 때 빠르게 느껴지는 맥상(脈象)[208]이 콩팥의 맥기(脈氣)이다."라 했으니, 지금 깊이 진찰하여 뼈까지 닿도록 깊이 눌렀다가 손가락을 약간 뗄 때 맥상이 전혀 없는 것은 명문(命門)의 진화(眞火)가 약해진 것이라고 생각했습니다. 급히 팔미환 재료에 인삼을 더해 탕을 만들고, 부자·계피를 더해 마셨는데, 2첩에 머리 아픈 것을 잊은 듯했고,

206 천평(天平) : 저울의 하나. 가운데 줏대에 걸친 가로장 양 끝에 똑같은 저울판을 달고 한쪽에 달 물건을, 다른 쪽에 추를 놓아 물건의 무게를 닮. 천평칭(天平秤).

207 대두통(大頭痛) : 뇌병(腦病)의 일종.

208 맥상(脈象) : 손가락 끝에 느껴지는 맥의 상태.

20첩에 안정되었습니다.

어떤 부인이 나이는 25세인데, 9월에 아이를 낳은 뒤로 입과 혀가 아프게 되었습니다. 대변은 묽었고, 가끔 하혈(下血)[209]했는데, 봄이 되어도 낫지 않았습니다. 기(氣)를 돕고, 혈(血)을 도우며, 열을 내리는 약 모두 효과가 없었고, 여러 의원이 재주를 다했지만, 지쳐 야위었고, 앓아 누워있는 상태가 죽 이어졌는데, 5월이 되어 보중익기탕을 쓰자 손발이 붓고, 열이 나며, 헛소리를 했고, 맥은 잦으며 격했고, 입과 혀를 더욱 아파했습니다. 어떤 의원이 인삼백출산(人參白朮散)을 쓰고 음식을 먹지 않게 하자 5일 만에 오줌을 누고자했고, 몸을 움직였으나 정신은 흐리멍덩하여 죽은 것 같았습니다. 잠시 되살아났는데 그 얼굴빛은 짙푸르면서 누런색을 띠었고, 온몸이 부었으며, 가슴속 동기(動氣)는 손을 강하게 쳤지만 배꼽 아래의 움직임은 전혀 없었습니다. 선철(先哲)이 말하기를 "입과 혀가 아프게 되어 마시고 먹는 것은 생각도 못하고, 대변이 부실한 사람은 중기(中氣)[210]가 허한(虛寒)한 것이다."라 했고, "입과 혀에 부스럼이 나서 먹는 것이 적고, 변이 묽으며, 얼굴은 누렇고, 팔다리가 찬 사람은 화(火)가 약하고 토(土)가 허(虛)한 것이다."라 했습니다. 이를 따라서 생각해보면, 본디 양기가 부족해 몸이 찬 부인이 몇 달간 차고 서늘한 기운을 얻어 명문의 진화가 매우 약해졌으니, 비토(脾土)에 간직해 덥게 할 수 없는 것입니다. 급히 삼

209 하혈(下血) : ① 대변과 함께 피가 항문으로 나오는 병증. 변혈(便血). 혈변(血便). 청혈(清血). ② 자궁출혈(子宮出血).

210 중기(中氣) : 중초(中焦)의 기. 음식물을 소화하여 흡수하고 배설하는 비위(脾胃)의 생리적 기능.

부탕을 쓰고, 또 부자이중탕·팔미환에 인삼·백출을 더해 마셨는데, 5첩에 맥은 점점 줄어들었고, 가열(假熱)이 다 없어졌으며, 헛소리도 그쳤고, 배꼽 아래 동기가 조금 나타났으며, 30일간 섭양(攝養)하여 안정되었습니다.

음양(陰陽)은 권형(權衡)[211]과 같다. 사람이 병에 걸리면 음양으로 하여금 권형과 같게 하고자 하고, 평소에는 진양(眞陽)이 여유 있도록 하고자 한다.

어떤 사람이 나이는 35세인데, 열병을 앓았습니다. 열이 나고, 이명(耳鳴)[212]이 있었으며, 입안이 마르고, 혀도 점점 말랐으며, 잠간 뒤에는 사리에 어긋나는 말을 했고, 오심(惡心)이 있었으며, 음식을 토했습니다. 어떤 의원이 청열화담(淸熱化痰)[213]의 약을 썼는데 그것도 토했습니다. 저는 평소 담화(痰火)[214]가 있었음을 알고, 육미환 재료에 지모·황벽을 더해 썼습니다. 2번 만에 토하던 것은 즉시 그쳤지만, 이후로 해질녘에 열이 나고, 입과 혀는 말랐으며, 맥은 약하고 잦았으며, 먹지 못했습니다. 오히려 허(虛) 속에 화(火)가 있는 것임을 알고 청리자감탕을 쓰니 열은 줄어들었는데, 마음이 안정되지 않아 잠을 깨서 잠들

211 권형(權衡) : 저울추와 저울대. 물건을 다는 도구.

212 이명(耳鳴) : 귀울음. 귓병·정신 흥분과 혈관 장애 등에 의해 허약한 사람이나 노인의 청각 신경이 병적으로 자극되어 귀에서 계속 소리가 울리는 것처럼 느껴짐.

213 청열화담(淸熱化痰) : 화담법(化痰法)의 하나. 열담(熱痰)을 치료하는 방법. 열을 내리고 담을 삭힌다는 뜻.

214 담화(痰火) : 담에 의해 가슴이 답답해지는 증상.

지 못했고, 원기(元氣)는 점점 약해졌습니다. 이에 이공산으로 양기(陽氣)를 도와 그것을 여러 번 쓰니 음화(陰火)가 습격해서 또 청리자감탕 혹은 육미환 재료를 쓰자 화(火)의 기세가 느려졌고, 이공산·사군자탕에 맥문(麥門)[215] · 오미자(五味子)[216]를 더해 써서 한편으로 양(陽)을 돕고 한편으로 화(火)를 내려 이와 같이 치료를 행하니 5,6일 만에 객화(客火)[217]가 땀이 되어 없어졌습니다. 뒤에 이공산을 써서 조리(調理)해 안정되었으니 이로써 음양은 한 가지가 치우쳐 이길 수 없음을 알 수 있을 것입니다. 객(客)이 묻기를 "객화는 맥이 약하고 잦으며 힘이 없는데, 그 치료법은 얻은 바가 있는 것 같습니다. 그러나 이미 드러난 화는 어째서 청리자감탕으로 내리지 못합니까?"라 했습니다. 대답하기를 "당신은 어찌 생각 못함이 그리 심합니까? 이미 드러난 화는 그 드러나지 않은 진양(眞陽)이 먼저 약해지기 때문에 위기(胃氣)도 약합니다. 지금 객열(客熱)을 앓는 사람은 위기가 허약하지 않기 때문에 차고 서늘한 것으로 안정된 것입니다. 비록 그러하나 솥 안의 따뜻함을 잃을 수는 없으니, 차고 서늘함을 지나치게 쓰면 차서 죽습니다. 생명 있는 것을 사랑하는 객께서는 가볍게 여기지 마시기 바랍니다."라 했습니다.

215 맥문(麥門) : 맥문동(麥門冬). 백합과에 속하는 맥문동과 좁은잎맥문동의 덩이뿌리를 말린 것. 오구, 양구, 우구.

216 오미자(五味子) : 오미자 나무의 열매. 기침·갈증·설사 등에 약재로 쓰임.

217 객화(客火) : ① 인체에 침입하여 머무르던 화(火). ② 병중에 생기는 속이 답답한 증세.

화(火)가 맨 끝에 이르면 수(水)와 같다.

어떤 아이가 한 여름에 열병을 앓았는데, 13일이 지나도 풀리지 않았습니다. 어떤 의원은 화해(和解)[218]시키는 약을 썼고, 혹은 황련해독탕(黃連解毒湯)을 썼지만 효과가 없었습니다. 또 다시 의원은 그 맥에 힘이 없었기 때문에 가미익기탕(加味益氣湯)을 썼지만, 열은 더욱 심해졌고, 이에 저를 불렀습니다. 맥은 한번 호흡에 5번을 뛰었는데 느렸고, 누르면 약했으며, 때로 잦은 듯했습니다. 헛소리를 했고, 귀먹어 소리를 듣지 못했으며, 입과 혀는 모두 검게 탔고, 소변은 붉으면서 잘나오지 않았으며, 대변은 3일간 막혀서 통하지 않았고, 사지궐랭(四肢厥冷)[219]했습니다. 저는 허실(虛實)도 깨닫지 못하고 먼저 인삼·백출을 썼는데, 1첩에 맥은 더욱 약해졌고, 팔다리도 점점 더 차져서 마음속으로 괴로워했으니 어려움이 어떠했겠습니까? 곧 양증사음(陽症似陰)[220]임을 알고, 명치를 눌러 아픈가 아프지 않은가를 묻자 대답은 못하고, 다만 얼굴을 찡그렸는데 참기 어려운 얼굴빛이었습니다. 또 배꼽 아래 동기(動氣)는 힘이 있어 실열(實熱)[221]임을 더욱더 깨닫게 되었습니다. 급히 방풍통성산(防風通聖散)을 썼는데, 1첩에 손발이 점점 따뜻해졌고, 3첩에 먹을 것을 찾았으며, 몇 첩을 계속 복용하자 열이 반

218 화해(和解) : 화해법(和解法). 화법(和法).

219 사지궐랭(四肢厥冷) : 수족궐랭(手足厥冷).

220 양증사음(陽證似陰) : 양증 증상이 음증 비슷하게 나타나는 것. 열병의 극기에 본증에 맞지 않는 증상이 나타나는 것. 양증사음(陽証似陰). 양증사음(陽證似陰). 진열가한(眞熱假寒).

221 실열(實熱) : ① 사기가 성할 때 나타나는 열. ② 몸에 침범한 외감사기가 속으로 들어가면서 열로 변하여 일으키는 병리적 현상.

으로 줄어들었고, 죽여온담탕(竹茹溫膽湯)으로 조리해 안정되었습니다.
두문(斗文)이 자세히 읽었거나 한 번 눈길이 스쳤을 것이다.

삼가 대답했다. 두문
병 치료와 약 사용에 대해 말씀하신 것은 옛 사람의 활투법(活套法)[222]에 어긋남이 없으니, 동해(東海)의 천민(天民)이라 말할 수 있습니다.

또 대답했다.
방풍통성산은 풍(風)·열(熱)·조(燥)[223] 3가지를 총괄하는 약이니, 이와 같은 상한(傷寒)의 증세에 그것을 쓰면 반드시 효과가 높다고 말할 수 있을 것입니다.

여쭈었다. 슌포
제가 칭찬 받음은 잘못된 것입니다. 아! 우물 안 개구리의 소견이 어찌 감히 마땅하겠습니까? 어찌 감히 마땅하겠습니까? 도리어 부끄럽습니다. 그대는 멀고 긴 여행의 피로를 잊고, 인술(仁術)에 대해 다행히 은혜[224]를 베풀어주셨으며, 지혜와 식견(識見)[225]을 알려주셨

222 활투법(活套法) : 두루 쓰이는 격식.

223 풍(風)·열(熱)·조(燥) : 모두 6음(六淫)의 일종인데, '풍'은 풍사(風邪) 또는 병증의 하나로 풍사에 의해 생긴 풍증(風証). '열'은 화사(火邪)와 같은 속성을 가진 병인(病因)의 하나인 열사(熱邪) 또는 열증(熱証). '조'는 건조한 기운이 병을 일으키는 사기(邪氣)로 된 것. '6음'은 풍(風)·한(寒)·서(暑)·습(濕)·조(燥)·화(火) 등 6가지가 지나쳐 병을 일으키는 요인으로 된 것. 밖으로부터 침입한 병의 요인이라는 뜻에서 외인(外因)이라고도 함.

습니다. 그 은혜가 산보다 높고 바다보다 깊어 감격함에 끝이 없습니다. 다만 후권(厚眷)[226]만 품고, 싫거나 괴로우신지 묻지 않아 두렵습니다. 너그럽게 용서해주시기를 우러러 바랍니다. 내일 타고 돌아가실 수레가 머물러 있어 한스럽습니다. 이번 만남은 분주하여 품었던 생각을 다하지 못했습니다. 닭 울음소리가 자주 들리니, 지금은 작별하고 떠나갑니다만 내일 와도 절하여 감사드릴 뿐입니다.

이튿날 아침에 숙소를 방문했다.

삼가 여쭈었다. 슌포

어젯밤에는 애쓰고 고생함을 두려워하지 않았고, 새벽에 이르도록 높은 가르침이 많았으니, 어느 때인들 크신 사랑을 잊겠습니까? 아! 바다 구름 머나먼 곳인지라 이후 만남은 기약조차 어려운데, 종이를 대하고도 멍해져 쓸 바를 모르겠습니다. 다만 큰 수레로 평안히 그대 나라에 들어가시기를 바랍니다.

대답했다. 두문

어젯밤 우연히 만나 토해낸 말들은 지금까지도 잊지 않았습니다. 사행(使行) 일정은 매우 바쁘지만, 바로 이른바 평수상봉(萍水相逢)[227]의

224 연찰(憐察) : 실정(實情)을 살펴보고 불쌍히 여김.

225 저온(底蘊) : 마음속에 간직한 재지(才智)와 식견. 온오(蘊奧).

226 후권(厚眷) : 후하게 돌보아 줌, 또는 그 은혜. 심권(深眷). 후택(厚澤).

227 평수상봉(萍水相逢) : 물 위를 떠다니는 부평초가 서로 만남. 우연히 서로 만남의 비유.

일처럼 서로 손 잡고 차마 헤어지지 못하고, 목이 메도록 울어 말을 이루지 못하겠습니다. 날마다 잘 계시라는 이 말 외에는 거듭 드릴 다른 말이 없습니다.

금박 입힌 것은 우황청심환(牛黃淸心丸)입니다.

긴 것은 자금정(紫金錠)입니다.

둥근 것은 박하전(薄荷煎)입니다.

이별의 속마음을 옮겨 놓습니다.

삼가 여쭈었다. 슌포

헤어짐을 앞두고 황공하게도 좋은 약 3가지를 내려주시니, 정말 깊이 감동하여 잊지 않겠습니다. 작고 흰 종이 1,000장을 삼가 드립니다. 부족하나마 헤어지기 서운한 마음을 베푸니, 물건이 비록 보잘것없으나 웃으며 받아주시기를 몹시 바랍니다.

상한의담 필(畢)

부록(附錄)

첫째·둘째·셋째가 말했다. "지난해 아버지께서 의론(醫論)과 치료법을 기두문께 올렸고, 지금 그것을 읽어보았는데, 그 논한 바는 스스로 깨달아 얻은 요점을 모은 것입니다. 따라서 이해하기 어려운 것이 있으니, 진양(眞陽)의 기운을 솥 안의 뜨거운 물로 비유한 것은 그 주된 뜻을 보여 가르침을 자세히 베풀어주십시오."

대답했다. "사람도 곧 작은 세상이니, 양(陽)만 있고 음(陰)이 없으면 나서 자라지 못하고, 음만 있고 양이 없어도 다 이루지 못한다. 음양의 지나침과 모자람을 알면, 그 치료법이 어찌 잘못되겠느냐? 하늘은 사람에게 일양(一陽)을 주었다. 따라서 진양의 기운이 피 속에 가득 차 음양은 온화하고 평안한 것이다. 대개 사람의 뱃속이 따뜻하지 않으면 도리(道理)를 얻을 수 없고, 따뜻함 속에 열이 생기면 병이 된다. 차고 서늘한 약을 써서 그 열을 없애고, 열이 없어지면 늘 일정한 온도를 회복함이 중요하다. 뱃속이 차면 따뜻한 약을 쓰고, 늘 일정한 온도를 회복함이 중요하니 지나치거나 모자람이 있을 수 없다. 열(熱)이란 것은 장화(壯火)의 기운이고, 온(溫)이란 것은 소화(少火)의 기운이다. 따라서 그것을 솥 안의 뜨거운 물로 비유했다. 소화의 근원은 명문(命門)에 머물러 신간동기(腎間動氣)라는 것이 되는데, 따로 등불의 비유를 한 것은 그 약해짐과 약해지지 않음을 알려주려 했을 뿐이다."

물었다. "소화·장화의 설명을 약 기운의 온·열로 논의하셨는데, 지금 명문을 가지고 새롭게 가르쳐 설명하신 것은 모르겠으니, 근거가 있습니까?"

대답했다. "소화·장화의 설명은 왕태복(王太僕)[228]이 '비록 기미(氣味)[229]에 이어 말했더라도 사람 양기(陽氣)의 장(壯)·소(少) 또한 그러하다.'고 했다. 『비위론(脾胃論)』[230]에 '『내경』에 말하기를 [열은 기(氣)를 상하게 한다.]고 했고, 또 [장화는 기를 소모시키기 때문에 비위(脾胃)가 약해지고, 화(火)가 지나치면 반드시 기를 부족하게 해서 살갗과 털을 지키고 보호하거나 상초(上焦)의 기를 꿰뚫어 통하게 할 수 없을 만큼 짧고 적어진다.]'고 했다. 천민은 '하늘은 이러한 화가 아니면 사물을 나서 자라게 할 수 없고, 사람도 이러한 화가 아니면 삶이 있을 수 없으니, 그것이 없으면 안 된다. 이것은 소화가 생기(生氣)라는 뜻이 아니겠는가?'라 했고, 또 '화와 원기(元氣)는 둘이 함께 맞설 수 없는데, 한쪽이 이기면 한쪽은 진다. 그것들은 멀리 떨어질 수 없다는 말이니, 또 장화가 기를 흩어지게 한다는 말이 아니겠는가?'라 했다. 또 공씨는 '소심(少心)[231]이 곧 소화(少火)이다.'

---

228 왕태복(王太僕) : 당(唐)대의 유명한 의원인 왕빙(王氷). 호는 계현자(啓玄子). 저서에 『소문답(素問答)』 81편 24권, 『원주(元珠)』 10권, 『소명은지(昭明隱旨)』 3권이 있음. 그가 일찍이 당나라 태복령(太僕令)을 맡았었기 때문에 '왕태복'이라 일컫기도 함.

229 기미(氣味) : 약의 성질과 맛을 포괄해서 이르는 말. 성미(性味).

230 비위론(脾胃論) : 1249년 금(金)대 이고(李杲)의 저작. 3권. 임상경험에 의거하고 의학 이론을 결부시켜 '비위'가 인체의 생리활동에 있어서 가장 중요한 장기라 보고, '비위의 손상이 모든 병을 발생시킨다.'는 주장을 제시하였음.

231 소심(少心) : '심포락(心包絡)'을 말함. 몸의 제일 주가 되는 장기라는 뜻에서 심장을

라 했다. 내가 이 말들을 따라 장개빈의 명문설(命門說)에 근본하여 신간동기(腎間動氣)를 찾아 약하거나 약하지 않은 것을 설명해주마. 소화란 것은 일양(一陽)이 따뜻한 것이고 그 근원이 명문에 있으나, 장화(壯火)란 것은 병들어 생겨난 화(火)이다. 『내경』에 이른바 '오장(五臟)에 오화(五火)가 생겨난다.'고 했는데, 이것이 장화이다. 지금 홀로 콩팥 속에 있는 것만 원기(元氣)를 소모시킨다. 단계나 개빈에만 의지해 치우치면 그 뜻을 얻지 못하는 것이 있다. 왜냐하면 단계는 화의 움직임을 설명하면서 명문의 원기를 말하지 않았고, 개빈은 명문의 진양(眞陽)과 진음(眞陰)을 자세히 설명했지만, 화의 움직임을 말하지 않았기 때문이다. 나는 치료하는 사이에 장화한 사람은 단계에 의지했고, 화가 약한 사람은 개빈에 의지했는데, 소화·장화로 설명했던 것이다."

물었다. "등불을 원기에 비유하셨던 것은 청컨대 자세히 가르쳐 주십시오."

대답했다. "『내경』에 '소화'라 하고, 『난경』에 '신간동기'라 한 것이 이것이다. 사람 몸의 일양은 태어나면서 우리에게 주어진 것이다. 그 뿌리와 꼭지가 명문에 머물러 수(水) 속이 따뜻하게 되고, 진화(眞火)·위기(胃氣)·원양(元陽)·진양이라 하니, 모두 같은 것이다. 사람이 항상 얻는 소화는 기(氣)를 생겨나게 해 보고 듣고 말하고

'대심(大心)'이라 하고, 심포락을 소심이라 함.

움직일 수 있게 하고, 음식으로 그것을 얻어 소화(消化)시킬 수 있을 것이다. 내가 진화를 등불에 비유한 것은 음(陰) 속에도 없을 수 없다는 것이니, 대저 신병(腎病)[232]으로 화가 생겨나면 소화와 비슷하나 장화가 되는데, 장화는 기를 소모시키기 때문에 등불도 또한 함께 꺼진다고 말한 것이다."

물었다. "소화가 변해 장화가 된다고 하셨는데, 지금 가르쳐 보이신 것은 소화란 것이 원기(元氣)임과 등불로 그것을 비유하셨으니, 그렇다면 원기가 변하여 장화가 됩니까? 천민은 '양기(陽氣)가 부족한 사람은 심경(心經)[233]의 원양이 부족하다. 그 병은 오한(惡寒)[234]이 많고, 화(火)가 없는 데 책임이 있다. 치료법은 기를 돕는 약에 오두(烏頭)·부자 등의 약을 더하는데, 심한 사람은 삼건탕(三建湯)·정양산(正陽散) 따위를 쓴다.'고 했고, '음액(陰液)이 부족한 사람은 신경(腎經)의 진음(眞陰)이 부족하다. 그 병은 장열(壯熱)[235]이 많고, 수(水)가 없는 데 책임이 있다. 치료법은 혈(血)을 돕는 약에 지

232 신병(腎病) : 5장(五臟)병의 하나. 콩팥에 생긴 여러 가지 병증. 신정(腎精)이 소모되어 생김.

233 심경(心經) : 수소음심경(手少陰心經). 12경맥의 하나. 그 순행하는 경로는 체내에서는 심(心)에 속하고 소장(小腸)으로 연락되며, 인(咽)·안(眼)에 이어짐. 체표에서는 겨드랑이 아래에서부터 팔의 내측을 따라 내려가 새끼손가락 끝에 이름. 이 경맥(經脈)에 병이 있으면 주로 가슴에 통증이 있고 목이 마르며, 목구멍이 건조해지고 눈이 누런 빛깔을 띠며 옆구리가 결리고 아픈 증상과 병증, 그리고 이 경맥의 순행 부분에 국부적 증상이 나타남.

234 오한(惡寒) : 찬 것을 싫어하고 추위를 느끼는 것.

235 장열(壯熱) : 주로 실증(實證) 때 나타나는 높은 열. 고열이 지속되는 것.

모·황백 등의 약을 더하는데, 또는 대보음환(大補陰丸)·자음대보환(滋陰大補丸) 따위를 쓴다.'고 했습니다. 왕빙(王冰)의 주에도 '화의 근원을 도와 어두운 그늘[236]을 없애고, 수의 근본을 굳세게 해서 밝은 빛[237]을 누른다.'고 했으니, 그 뜻을 다했을 것입니다. 지금 명문을 가지고 원기(元氣)를 가리킨다고 가르쳐 보이셨으나, 심(心)은 설명이 없습니다. 또 '수(水)가 없다.'고 말한 것은 진화(眞火)를 잘못 없애지 말라는 것입니까? 아! 멀도다! 그 자세히 듣기를 빕니다."

대답했다. "마땅하도다! 물은 것은 나 또한 몇 년간 의문이었다. 그러나 이제 선철(先哲)의 격언(格言)[238]을 가지고 병에 임하여 치료를 베풀어 스스로 얻은 것이 있으니, 그 이유를 대강 설명하마. 대체로 소화(少火)가 변하여 장화(壯火)가 된다는 이론은 진화(眞火)가 변하여 장화가 된다는 것은 아니다. 원래 진양(眞陽)은 땅에 머무르다 화(火)로 나서 자라는 것이니, 굳세게 되면 원기를 해친다. 천민(天民)의 말로 깨우친 것은 깊이 생각해보면, 그 근원을 다하지 못한 것이 있다. 후세 사람은 심장과 콩팥을 나누지 못했지만, 모두 명문(命門)에 의지하니, 육미신기환(六味腎氣丸)으로 밝은 빛을 누르고, 팔미환(八味丸)을 써서 화의 근원을 도우며, 또 인삼을 더하면 소화는 진양이 가득 차 왕성하게 할 수 있고, 기(氣)를 생겨나게 해 비토(脾土)가 조화롭게 할 수 있다. 내가 몸소 치료하여 효과가 있었던

236 음예(陰翳) : 날씨가 흐려 어둠침침함. 그늘져 어둠침침함.

237 양광(陽光) : 번개·번갯불. 햇빛·해·태양.

238 격언(格言) : 교육적 뜻을 포함하고 있어 준칙(準則)이 될 만한 말.

것인데, 익숙하지 못한 자들은 원기·원양(元陽)이 심장을 근본으로 하기 때문에 지모·황백으로 콩팥 속의 장화만 누르고, 열(熱)이 빨리 줄어들면 심장이 도리를 얻어 원기가 선다고 말한다. 이것은 다만 진기(眞氣)가 위에만 있는 것으로 알고, 아래에도 있음을 알지 못하는 것이다. 의원된 사람은 알 수 있고, 또한 지모·황백으로 장화를 누르는 것도 필요하지만, 비위(脾胃)를 잃을 수는 없으니, 이것이 세상의 중요한 치료법이다. 이것은 또한 진기가 음식물[239]에서 생겨나 가운데에만 있다가 하초(下焦)에 미치지 못한다고 아는 것이다. 진기가 아래 있는 것은 정(精)[240]을 기화(氣化)시켜 명문에 저장해 삼초(三焦)의 근본이 되는 것이다. 신간동기(腎間動氣)가 있다. 심장과 콩팥에 저장된 정·기·신(神)[241]을 보지 못하고, 장개빈은 '원기·원정(元精)은 명문에 머무르고, 원신(元神)은 심장에 머무른다.'고 했다. 소화가 끊어지면 신(神) 또한 잃어버린다. 진화란 것은 원기이고, 음화(陰火)란 것은 신병(腎病)이자 화를 생겨나게 하는 것이다. 개빈은 '신열(腎熱)[242]·골증(骨蒸)[243]이란 것이니, 지골피(地骨皮)를

239 수곡(水穀) : 물과 낟알이라는 뜻인데, 음식물을 말함.

240 정(精) : 생명의 발생과 그 활동을 유지하는데 기본 되는 물질. 생명 발생에 필요한 선천지정(先天之精)과 생명 활동을 유지하는데 필요한 후천지정(後天之精)을 말함. 동의고전(東醫古典)에 따르면, 이는 수곡지기(水穀之氣)와 호흡지기(呼吸之氣)에 의해 생성되며, 신(腎)에 저장됨.

241 신(神) : 생명 활동의 기능을 통틀어 표현한 말. 동의고전에는 망진(望診) 때 신을 보고 병의 예후를 판단하는 데 참고로 했음.

242 신열(腎熱) : 신에 생긴 여러 가지 열증. 먼저 허리가 아프고 갈증이 심해서 자주 물을 마시며, 얼굴빛이 검고. 이빨에 윤기가 없음. 자신환(滋腎丸)이나 육미지황환을 주로 씀.

쓰는 것이다.'라 했다. 음화가 진화에 더해지면 원기는 음화의 속에 있게 되니, 이것이 화와 원기가 양립하지 않는 까닭이다. 그러므로 지모·황백으로 등불을 끄지 못한다고 말했을 것이다."

물었다. "등불의 설명은 들어 얻었지만, 그러나 궁금한 점이 있으므로 거듭 가르쳐 보이시기를 빕니다. 대체로 명문의 화가 움직이는 것은 등불의 세찬 불길과 같아서 그 기름이 다하면 그 치료법은 기름을 더하는데, 세찬 불꽃이 저절로 꺼진다면 이것은 반드시 그러한 이치가 있는 것 아닙니까?"

대답했다. "너희 셋의 뜻이 이처럼 한결같은데, 나 또한 중년(中年)의 생각은 너희들과 같을 뿐이었다. 대체로 장화(壯火)란 것은 움직이는 화(火)이고, 소화(少火)란 것은 사람 몸의 도리이자 수(水) 속의 따뜻함이 되며 원기(元氣)가 된다. 세상 사람들은 다만 장화가 등불이 됨만 알고, 소화가 등불이 됨은 알지 못하여 마침내 기름을 더하면 등불은 갑자기 꺼질 것이다. 그러므로 치료법은 한편으로 음(陰)을 돕고 한편으로 양(陽)을 도와 음양으로 하여금 권형(權衡)과 같게 해야 한다."

또 물었다. "동원(東垣)은 '비위(脾胃)로 근본을 삼고, 위기(胃氣)로

243 골증(骨蒸) : 골증열(骨蒸熱). 허로병(虛勞病) 때 뼈 속이 후끈후끈 달아오르는 증. 신정(腎精)의 과도한 소모나 힘든 일을 지나치게 하는 것 등으로 진음(眞陰)이 부족하고 혈이 소모되어 골수(骨髓)가 고갈되기 때문에 생김.

원기의 근원을 삼으면, 화와 원기는 양립하지 않으며 원기가 상하지도 않는다.'라 했고, 또 '인삼·황기로 원기를 돕고 화사(火邪)[244]를 배설시킨다.'고 했습니다. 단계(丹溪)는 '허화(虛火)는 인삼·황기 따위로 도울 수 있다.'고 했습니다. 저희들은 정기(正氣)를 길러 사기(邪氣)가 저절로 없어지는 이치로, 화가 움직이는 사람에게 인삼·황기의 대제(大劑)를 강하게 썼지만 보람이 없었습니다. 가화(假火)로 열이 심한 사람에게도 인삼·황기를 썼는데, 열이 빨리 줄어들었습니다. 그렇다면 동원의 말은 가화를 가리켜 말했던 것입니까? 그 치료법을 보여주십시오."

대답했다. "동원이 '위기로 원기의 근본을 삼는다.'고 한 것은 보신(補腎)이 보비(補脾)만 못하다는 말일 것이다. 위기란 것이 무엇이냐? 사람 몸의 따뜻함이 되고, 따뜻함은 기(氣)를 생겨나게 하며, 기는 보고 들으며 말하고 움직이게 한다. 따뜻함은 음식을 소화시키고, 그 근원은 명문(命門)에 있으며, 신간동기(腎間動氣)가 되는데, 공씨는 그것을 밝혀 '소심(少心)이니 곧 소화이다.'라 했고, 다시 '명문이 약해지면, 감화(坎火)가 따뜻하지 않고, 비토(脾土)의 열을 오르게 할 수 없다.'고 했다. 허학사(許學士)[245]가 '보비는 보신만 못하다.'

244 화사(火邪) : 6음(六淫)의 하나. 온사(溫邪)·열사(熱邪)·서사(暑邪)와 같은 속성을 가지고 있지만, 그보다 열의 속성이 더 심한 사기(邪氣).

245 허학사(許學士) : 허숙미(許叔微). 자는 지가(知可). 호는 근천(近泉). 송(宋)대 진주(眞州) 사람이며, 남송 시대의 저명한 의원. 그가 의원으로서 성공한 이유는 신인(神人)이 꿈에 나타나 선을 행하고 덕을 쌓아야 한다고 점화해주었고, 이를 실천했기 때문임. 저서에 『상한발미론(傷寒發微論)』·『상한구십론(傷寒九十論)』·『유증보제본사방(類證普濟本事方)』 10권, 『상한백증가(傷寒百證歌)』 5권, 『치법팔십일편(治法八十一篇)』·

고 했고, 공씨는 대개 그것을 따라 인삼·부자·생강·계피·숙지황(熟地黃) 따위로 감화를 도우면, 비위가 소화시키고 신수(腎水)[246]도 여기에 생겨날 수 있다고 했을 것이다. 감화는 곧 신간동기이다. 사람이 병들면 맥이 있는 듯 없는 듯하고, 보고 들으며 말하고 움직일 수 없는 것이며, 동기(動氣)가 끊어지면 신(神)도 잃어버려 죽는다. 끊어지지 않고 작지만 가늘게 이어지는 듯하며, 신이 떠나려 하는 사람은 인삼·부자를 얻으면 동기가 나타나고, 곧 맥이 점점 이어지며, 신도 다시 몸을 돈다. 비로소 다른 사람을 알아보고, 말을 시작한다. 나는 이로써 위기의 근본은 명문의 원양(元陽)이 됨을 깨달았다. 그것을 알 수 있다면 음화(陰火)와 가화도 확실하니, 철인(哲人)의 말이 마치 부계(符契)[247]처럼 딱 들어맞음과 같다. 왕태복(王太僕)은 '장수(壯水)의 근본에 화의 근원을 더한다.'라 했고, 허학사는 '보비는 보신만 못하다.'고 했으며, 동원은 '위기를 도와 음화를 물리친다.'고 했고, 공씨(龔氏)는 '한편으로 음을 돕고 한편으로 양을 도와 음양으로 하여금 권형과 같게 해야 한다.'고 했으니, 이로써 그것을 알 수 있다. 또 화와 원기가 양립하지 않는다는 판단은 배꼽아래 부위[248]의 음화가 성대하게 일어나는 듯한 사람이 있으면 생지황과 황

『중경맥법삼십육도(仲景脈法三十六圖)』·『익상한론(翼傷寒論)』 2권, 『변류(辨類)』 5권이 있음.

246 신수(腎水) : 신음(腎陰). 신정(腎精). 신의 음기(陰氣). 신의 음액(陰液). 신양(腎陽)의 물질적 기초로 됨.

247 부계(符契) : 부절(符節). 부신(符信)의 한 가지. 금·옥·대나무 등으로 만들어 그 위에 문자를 쓰고, 둘로 나누어 각각 한 쪽씩 가졌다가, 사용할 때 이를 맞추어 신표로 삼았음.

벽을 더하라는 말이지, 가화(假火)를 말함은 아니니, 단계(丹溪)의 총명함이 어찌 가화에 미혹되겠는가? 그러나 뒤따라 배운 사람들이 참과 거짓을 분별하지 못하고, 양허(陽虛) 음화(陰火)인 사람에게 인삼·황기의 대제(大劑)를 잘못 쓰며, 단계의 말을 핑계하니, 동원(東垣)의 지혜와 식견도 깨닫지 못한 것이다. 따라서 내가 아직 일어나지 않은 화(火)를 분별하여 말했던 것이다. 대체로 화의 일어남에 느리거나 빠름이 있는데, 느린 사람은 인삼·황기·당귀·감초에 신기환(腎氣丸) 따위를 함께 먹으면 병이 조금 나을 수 있고, 화는 점점 왕성해지며 원기(元氣)가 부족한 사람은 한편으로 음(陰)을 돕고 한편으로 양(陽)을 도와야지, 위기(胃氣)를 잃고 그것을 치료할 수 없다. 치료에 어려움이 많은 것은, 비록 심한 열(熱)이 있더라도 가화인 사람인데, 인삼·부자·생강·계피를 쓰면 나으니, 자세히 살피면 치료를 베풀 수 있을 것이다."

물었다. "요즈음 의원들은 대부분 한(漢)·당(唐)대만 높이면서 송(宋)·원(元)대는 묻지도 않습니다. 명(明)대 공씨(龔氏)의 책을 취하면 '말이 쓸모가 없다.'고 합니다. 그 까닭이 무엇입니까? 공씨의 말을 갖추고 계시다면, 지금 가르쳐 보여주십시오."

대답했다. "대체로 의원은 『소문(素問)』[249]·『난경(難經)』에서 시작

248 하원(下元) : 배꼽 아래 부위. 하원단전(下元丹田). 신(腎).

249 『소문(素問)』: 『황제내경소문(黃帝內經素問)』. 저자에 대해서는 황제 등 여러 설이 있지만, 수세기에 걸쳐 많은 학자들에 의해 저술된 것으로 봄. 각 81편으로 구성된 소문과 영추(靈樞)의 두 부분으로 되어 있는데, 동양의학 기초이론의 최고 고전으로 과학사

해 중경(仲景)을 으뜸으로 삼은 이후로 하간(河間)[250]·동원·단계를 거쳐 그 방법이 밝게 갖추어졌고, 후세에 그것을 얻어 부족함을 보충하였다. 요즈음 비록 네 선생의 학설에 따르더라도 원·명대의 방서(方書)[251]를 보고도 그 방법을 얻는다. 쓸데없이 탁월한 의견만 좋아하면, 재주만 빛내고 세상 사람을 홀릴 뿐이다. 비록 '그 글이 쓸모가 없다.'고 말하더라도 공씨의 책이 어찌 그러함에 미칠 수 있겠느냐? 정현(廷賢)이란 사람은 오직 치료에 자세하니, 소화(少火)가 명문(命門)에 있음과 비토(脾土)의 열을 오르게 해야 함을 알았고, 또 신간동기(腎間動氣)를 설명했는데, 음허화동(陰虛火動)한 사람은 한편으로 음을 돕고 한편으로 양을 돕되, 음양으로 하여금 마치 권형(權衡)과 같게 하는 것이 필요하니, 보(補)[252]에 치우치거나 사(瀉)[253]에 치우치지 않게 해 허실(虛實)을 깨달을 수 있는 것이다. 아! 탁월한

및 철학사에도 중요한 위치를 점하고 있음. 음양오행설을 근원으로 하여 황제가 기백(岐伯) 등 6인의 신하와 문답한 형식으로 구성되어 있음.

250 하간(河間) : 유완소(劉完素)의 호. 자는 수진(守眞). 호는 통현처사(通玄處士). 금원의학(金元醫學)의 사대가(四大家) 중 한 사람. 하간(하북성(河北省))에 거주하면서 활동했기 때문에 '하간선생'이라고도 불림. 『황제내경소문』을 연구했으며, 장중경(張仲景)의 처방을 즐겨 사용했음. 금(金)나라 황제의 부름을 받았으나, 관직에 오르지 않고 민간의원으로 활동했음. 질병을 목(木)·화(火)·토(土)·금(金)·수(水)의 '5운(五運)'과 풍(風)·열(熱)·온(溫)·화(火)·조(燥)·한(寒)의 '6기(六氣)'로 분류했는데, 특히 화(火)·열(熱)을 중시한 '화열론'을 주창했음. 한량약제(寒凉藥劑)를 즐겨 사용했기 때문에 '한량파(寒凉派)'라고도 일컬어짐. 저서에는 『운기요지론(運氣要旨論)』, 『정요선명론(精要宣明論)』, 『소문현기원병식(素問玄機原病式)』 등이 있음.

251 방서(方書) : 의술(醫術)에 관한 서적.

252 보(補) : 치료 상의 중요한 원칙으로 허증(虛證)의 치료에 쓰임.

253 사(瀉) : 치료 상의 중요한 원칙으로 실증(實證)의 치료에 쓰임.

의견이지만, 공씨란 사람을 업신여기는 사람들은 그 지혜와 식견을 모르니, 치우친 생각의 습관 때문이다."

물었다. "그렇다면 공씨도 탁월합니까? 아닙니까?"

대답했다. "그렇지 않다. 대체로 허실만 살핀 요점이다. 진양(眞陽)의 기운은 얼굴에 드러나는 것이기 때문에 표정과 얼굴빛을 판별하면 듣거나 물을 수 있고, 맥을 자세히 봐서 명치의 허실을 바로잡으며, 또 신간동기를 찾아도 그것을 얻어 판별할 수 있다. 헌원(軒轅)[254]·기백(岐伯)[255]으로부터 이후로 여러 대를 거쳐 이름난 의원들은 죽고 사는 요점을 살폈는데, 그것을 지나칠 수 없었고, 그것을 판별할 수 있었으니, 한(漢)·당(唐)대를 업신여긴다면 요즈음 탁월한 사람이 있겠느냐? 어찌 오로지 공씨에게만 의지해 다만 철인(哲人)이 얻은 바를 취할 수 있을 뿐이겠느냐?"

물었다. "시진(時珍)은 왕빙(王氷)의 말을 가려 뽑아 음화(陰火)와 양화(陽火)[256]를 설명했는데, '음화란 것은 습(濕)[257]을 얻으면 더욱 타오르기 시작하고, 수(水)를 만나면 불길이 더욱 세차게 되니, 수

---

254 헌원(軒轅) : 전설상의 임금인 황제(黃帝)의 이름.

255 기백(岐伯) : 황제(黃帝) 때의 명의. 황제와 함께 의서인『내경(內經)』을 지었다 함.

256 양화(陽火) : 양에 속한 화. 일반적으로 심화(心火)를 말함. 일부 동의고전에는 온병의 기분병 때 사열이 왕성한 것을 양화라 함.

257 습(濕) : 6음(六淫)의 하나. 습사(濕邪). 음사에 속하므로 몸에서 양기를 소모하고 기의 순환을 더디게 하거나 머물러있게 함.

(水)로 그것을 꺾으려 하면 세찬 불꽃이 하늘에 이른다.'고 했습니다. 요즈음 의원들은 이 말을 따라 음화를 보면 인삼·부자의 대제(大劑)를 쓰는 자들이 있는데, 이러한 이치는 어떻습니까?"

대답했다. "마땅하도다! 왕빙의 말을 의심하겠느냐? 대체로 음화가 있고, 가화(假火)가 있는데, 세상 사람들은 두 종류를 나눌 줄 모른다. 우연히 가화가 있는 사람에게 인삼·부자를 써서 세찬 불꽃이 갑자기 줄어들면 이러한 이치가 꼭 들어맞는다고 여긴다. 다시 음화를 보면, '용화(龍火)[258]의 불길이 매우 세차면 화(火)로 그것을 물리치는데, 곧 불태워 저절로 사라지면 불씨도 꺼진다.'고 말하고, 마침내 인삼·부자·생강·계피의 따뜻하고 더운 약을 쓰면 며칠 안에 죽는다. 어찌 그리 어리석은가! 옛 사람이 이르기를 '속된 의사(醫師)는 경서(經書)의 논의를 따르지 않고, 바로 처방전을 주며, 그것으로 병을 치료하면, 어떤 사람 중에는 병을 만나는 데 이르지 않음이 없고, 번번이 응당 죽고 삶을 근거 없이 추측으로 판단하니, 경서를 알고 옛사람을 배운 자와는 함께 논할 수 없을 것이다.'라 했다. 어찌 참되지 않겠느냐? 동원(東垣)의 치료법에 '양환(兩丸)[259]이 차갑고, 전음(前陰)[260]이 위축되어 약하며, 음한(陰汗)[261]이 물 흐르듯 하고, 소변

258 용화(龍火) : 신화(腎火). 명문지화(命門之火).

259 양환(兩丸) : 고환(睾丸). 포유류의 정소(精巢)를 일컫는 말. 수컷의 음낭 중에 있으며, 정자를 형성하고, 남성 호르몬 분비를 맡음. 2개의 난원형(卵圓形)인 생식고(生食睾)임. 불알.

260 전음(前陰) : 남녀의 외생식기(外生殖器) 및 요도(尿道)의 총칭.

261 음한(陰汗) : 외생식기 부위에 항상 축축하게 땀이 나는 증상을 말하며, 퀴퀴한 냄새

뒤에 남은 물방울이 있으며, 엉덩이도 함께 전음처럼 차고, 오한(惡寒)으로 따뜻함을 좋아하며, 배꼽 아래 또한 차가운 사람은 고진탕(固眞湯) 속에 용담초(龍膽草)·택사(澤瀉)[262]·지모·황백의 차고 서늘한 약을 쓴다.'고 했다. 또 '부인의 경수(經水)가 그치지 않고, 우척맥(右尺脈)[263]을 눌러봐서 텅빈듯하면, 이것은 기(氣)와 혈(血)이 함께 빠져 크게 한(寒)[264]한 증세이다. 그 맥을 가볍게 볼 때 잦고 빠르며, 손가락을 약간 뗄 때 급하고 팽팽하거나 또는 거칠면, 모두 양기가 몹시 소모되어 위중한 증세이다. 음화 또한 없어져 입·코·눈에 열증(熱證)이 보이고, 어떤 사람은 갈증(渴症)이 있는데, 이는 모두 음조(陰躁)[265]해 양(陽)이 먼저 없어지려 한다. 이러한 치료법은 혈(血)과 기(氣)를 크게 올리고, 급히 명문(命門)의 아래로 소모된 것을 도와야 마땅하다. 승양거경탕(升陽擧經湯)에 인삼·황기·육계(肉桂)·부자·숙지황의 크게 따뜻한 약을 주로 하고, 올리는 약으로 돕는다.'고 했다. 나는 이 때문에 늘 탄식했다. 아! 못난 나는 동원(東垣)이 설명한 것이 다만 보중익기탕(補中益氣湯)인 줄 알았다. 음식

가 남. 대개 하초(下焦)의 습열(濕熱)로 인해 일어남. '습열'은 습과 열이 겹쳐서 생긴 여러 가지 병증.

262 택사(澤瀉) : 벗풀. 택사과의 다년초. 못 또는 습지에 나며, 괴근(塊根)은 약용함.

263 우척맥(右尺脈) : 오른쪽 촌구의 척 부위에 나타나는 맥. 여기에는 명문과 삼초(三焦)의 기능 상태가 나타남.

264 한(寒) : 6음(六淫)의 하나. 음사(陰邪)에 속하고, 양기(陽氣)를 손상하기 쉬우며, 기혈(氣血)의 활동에 영향을 미침. 인체의 양시가 부족하고 위기(衛氣)가 견고하지 못하면 한사(寒邪)의 침입을 받아 병이 되기 쉬움.

265 음조(陰躁) : 음한(陰寒)이 극성하므로 일어나는 초조와 불안을 느끼는 증후로서 대개 위험한 상태에 속함. 이는 음이 몹시 성해 양기를 몸 겉면으로 밀어내기 때문에 나타남.

과 피로함이 비위(脾胃)를 상하게 하는 것만 염려하고, 위기(胃氣)가 상하게 되는 것은 모른 채 안정시키고 조화시키는 약만 썼던 것이니, 보(補)·사(瀉)·온(溫)[266]·량(凉)의 험난한 곳에는 이르지도 못했다. 이는 그 근본을 구하지 못했기 때문이다. 이씨(李氏)가 맥을 밝혀 주장함이 이와 같은데, 온(溫)에는 이를 수 있으나 한(寒)에는 이를 수 없으니, 요즈음 사람들이 어떻게 그것을 알 수 있겠느냐? 나는 늘 부귀(富貴)한 사람들을 만나봐서 온(溫)을 따랐고, 보법(補法)을 좋아했으며, 한(寒)을 염려했고, 사법(瀉法)을 싫어했다. 의원들은 또한 풍속에 따르고 부인들에게 자랑하며, 부족함을 보면 음화(陰火)와 가화(假火)를 논하여 나누지도 못하고, 인삼을 치우치게 써서 음화는 양을 돕는데 힘입어 홀로 왕성해져도 음양(陰陽)으로 하여금 권형(權衡)과 같게 해야 함을 모른 채, 오직 인삼·부자의 효과가 미치지 못할까를 염려한다. 양만 있으면 자라지 못하고 죽는데, 비록 죽더라도 그 이치를 깨닫지 못한다. 저기 늘 한(漢)·당(唐)대만 높이고 송(宋)·원(元)대를 업신여기는 의원들은 이러한 때에 미치면 '허증(虛證)인데 도움 받을 수 없는 사람은 치료하지 못한다.'고 말하니, 아! 돌아보지 못함이 심하도다!"

물었다. "저희들이 듣건대, '위기(胃氣)가 없는 사람은 비록 인삼·부

266 온(溫) : 온법(溫法). 거한법(祛寒法). 온열약(溫熱藥)을 써서 한증(寒證)을 치료하는 방법. 한증은 표한(表寒)과 이한(裏寒)으로 나뉘는데, 이 치료법은 주로 이한에 대해서만 사용됨.

자라도 이길 수 없기 때문에 죽는다.'고 합니다. 이것이 '허증(虛證)인데 도움 받을 수 없는 사람은 치료하지 못한다.'는 말입니다. 그러나 별도로 의견이 있으십니까?"

대답했다. "자세하도다! 내게 물은 것 또한 치료법으로 말해주마. 대체로 의원은 죽고 삶을 살핀다. 서리를 밟아보지 않고 단단한 얼음을 알 수는 없다. 옛사람이 이르기를 '위기가 없는 사람은 죽을 것이다. 약으로 이길 수 없는 사람은 대부분 병을 앓는 맨 마지막인 것인데, 그 끝을 설명할 수 없고, 그 처음도 말할 수 없는 것이다.'라 했다. 내게 그 처음을 말해 달라 청한다면, '도움 받을 수 없음을 안다.'는 것은 맥을 짚어 명치의 허실(虛實)을 살피고, 신간동기(腎間動氣)를 찾으며, 치료법을 자세히 안 뒤에 의심이 없게 될 뿐이다. 죽고 삶을 판단하는 공부는 쉬울 수 없다. 내 잠심(潛心)했던 것은, 나이 30세를 지나지 않은 어떤 부인이 경단(經斷)[267]은 5개월 되었지만, 몸은 튼튼해 평소와 같았는데, 표정과 얼굴빛은 점점 앓는 듯 보였고, 목소리도 작고 쉰 듯 했다. 내가 계춘(季春)[268] 사이에 맥을 짚어보았는데, 힘이 없고, 점점 잦았으며, 신간동기는 나아갔으나 작았다. 이것은 음과 양이 부족해 화(火)가 있는 것이다. 그 치료법은 한편으로 음을 돕고 한편으로 양을 도와 치료할 수 있다. 그러므로 나는 인삼·백출 따위를 썼는데 얼굴이 붉어지고 이명(耳鳴)이 있었으며, 숙지황·맥문동·오미자 따위를 쓰자 흉격(胸膈)에 막혀 머물러 있었다.

267 경단(經斷) : 경절(經絶). 여자가 49세 전후에 월경이 중지되는 것을 말함.

268 계춘(季春) : 봄의 마지막 달인 음력 3월. 늦봄.

나는 이 부인이 가을에 이르면 반드시 자리에 누울 것이라 생각했다. 이것이 '허증(虛證)인데 도움 받을 수 없다.'는 것이다. 10일을 치료하고, 가까운 친척에게 그녀가 죽게 될 것임을 설명했으며, 작별을 고하고 떠나갔는데, 9월에 이르자 죽음을 알려왔다. 또 술과 여색(女色)이 도를 넘는 남자가 나이는 30세를 넘었는데, 겨울 사이에 요통(腰痛)을 앓았고, 십전대보탕(十全大補湯)을 써서 점점 안정되었다. 그러나 낫지는 않았고, 맹춘(孟春)[269]에는 자리에 눕게 되었다. 오전에는 음낭(陰囊)[270]이 매우 차갑고, 오후에는 얼굴이 붉어지고 열이 나며, 밤에는 땀이 나다 풀렸다. 날마다 이와 같았고, 몇 번 의원을 바꿨다. 팔물탕(八物湯)·대보탕(大補湯)·보중익기탕(補中益氣湯)·귀비탕(歸脾湯)·사군자탕(四君子湯)·육군자탕(六君子湯) 등이 효과가 없었다. 어떤 의원은 신기환(腎氣丸) 재료를 썼는데, 먹는 것이 줄었으므로 강하게 쓰지 않은 지 몇 달 만에 자리에 누웠는데도 태연했다. 내가 중하(仲夏)에 맥을 짚어보니 힘이 없고 잦았다. 이것 또한 음(陰)과 양(陽)이 부족해 화(火)가 있는 것이다. 나는 그것을 마음에 두고, 인삼·부자를 두 배로 더해서 오로지 열(熱)만 더할 수 있었다. 비록 그러하나 만일 가화(假火)라면 살릴 수 있는 이치가 있었기에, 곧 사군자탕에 당귀·부자를 더하고 인삼을 두 배로 쓰자 몇 첩 지나지 않아 화가 강해졌다. 따라서 인삼과 팔물탕·신기환 재료를 줄였더니, 명치에 막혀 머물러 있었다. 이 또한 '허증(虛証)인

269 맹춘(孟春) : 음력 정월. 초봄.

270 음낭(陰囊) : 고환(睾丸)을 싸고 있는 주머니처럼 된 것. 신낭(腎囊).

데 도움 받을 수 없다.'는 것이다. 작별을 고하고 떠나간 뒤, 가을에 이르러 죽었을 것이다. 다만 위기(胃氣)가 부족해 아래로 처져 발등이 부은 사람은 양을 도와 그것을 치료할 수 있다. 그러나 인삼·부자를 써도 효과 없는 사람은 죽는 증세이다. 명문(命門)의 소화(少火)가 약해지면, 위기(胃氣)의 근원도 끊어진다. 이 증세에는 치료할 수 있는 것과 없는 것이 있다. 온보(溫補)를 얻어 양기(陽氣)가 돌아다니면 발등 부은 것이 다 없어지고 병도 낫는다. 병이 낫지 않는 사람은 음화(陰火)가 있고, 진화(眞火) 또한 약해서 음화가 인삼·부자를 받아들이지 못하기 때문에 반드시 죽을 것이다. 사람에게는 기(氣)·혈(血)·담(痰)·식(食)[271]·충(蟲)[272]·적(積)[273]이 있고, 약 기운 중에는 나쁜 것도 있으며, 객열(客熱)·주열(主熱)이 있다. 양이 부족해 화가 있으면, 그 부족함을 보고 그것을 도와도 흉격(胸膈)에 막혀 머물러 있고, 거듭 그것을 쏟아내면 지친다. 다만 허(虛)와 실(實)이 함께 보이는 사람이 있다면, 한편으로 보법(補法)을 쓰고, 한편으로 사법(瀉法)을 쓰며, 한편으로 화법(和法)을 쓰는 사이에 진화의 약함이나 약하지 않음을 살필 수 있다. 또 충적(蟲積)[274]의 따위에 그 부족함이 끝에 이른 것 같고, 도움을 받지 못하는 사람이 있다면, 그것

271 식(食) : '식(蝕)'과 통하며, 침식(侵蝕) 또는 소모(消耗)의 뜻.

272 충(蟲) : 사람의 배 안에 사는 기생충.

273 적(積) : 적취(積聚)의 하나. 배속에 생긴 덩이인데, 일정한 형태를 가지고 고정된 위치에 있으며, 아픈 부위로 이동되는 일 없이 고착되어 있는 병증. '적취'는 배 속에 덩이가 생겨 아픈 병증.

274 충적(蟲積) : 복강(腹腔)의 장부(臟腑)에 기생하는 기생충병을 말하며, 어린아이에게 많음.

을 조화롭게 하는 사이에 효과를 얻는다. 이와 같은 것들은 증세에서 얻지만, 맥에서는 얻을 수 없다. 표정과 얼굴빛을 관찰해 살피고, 명치의 허실(虛實)을 눌러보면 죽고 삶을 판단할 수 있다. 내 비록 좋은 스승의 가르침은 없었지만, 선현(先賢)의 귀중한 말을 마음에 새기고 뼈에 새겨, 그 알맞은 이치로 병을 다스렸다. 의론(醫論)과 치료법을 대략 갖추었는데, 그 오묘(奧妙)함은 말로 펴기 어려운 것이다. 아! 얘들아! 힘쓰거라.

상한의담 부록 필(畢)

우리 슌포(春圃)는 옛사람의 확실한 논의에 근거하고, 조선국 의관 기두문(奇斗文)이란 사람에게 물어 스스로 얻게 된 것을 가지고 병에 임해 치료를 베풀었다. 아들 셋과 함께 토론한 것을 기록에 덧붙여 1책을 엮어 만들었다. 내게 그 서문(序文) 지어주기를 바랐지만, 의술을 모르니, 그 육조(六條)를 찬양함은 한마디 말로 할 수 없어 그 사실을 책 끄트머리에 쓸 뿐이다.

정덕 임진(1712) 음력 칠월 보름
오카 유키요시(岡行義)

정덕3년(1713) 계사(癸巳) 음력 정월 초하루
황도서사(皇都書肆) 만옥희병위판행(萬屋喜兵衛板行)

桑韓醫談

夫醫肇于聖神，再來通人達才代起，繼其緖，發其蘊．所著者以巨萬計，後世本素難，取先哲所各得者，以成一家之學，則醫道之能事畢矣．家君當壯菴，齡踰知命．常告予三昆季曰 醫之爲術，以知虛實爲要．我臨病之間，思指下難明之語，候心下虛實，探腎間動氣，以察命門之衰不衰．然後知虛實，日就月將．雖如有所理會，未能遠四診，間過三十年．桑楡景迫，壯歲難追，豈不嘆乎？或入家見其父兄之病爲其子弟者，置身無地．執藥拌淚，業醫者對之計利顧名，則仁術之云哉？冀不以利汙義，以欲傷行矣．或曰 醫者只可見病，而勿見外物，至哉！此言也！可謂能識醫道者也．兒曹繼我志，謹之勿怠焉．嗚呼！家君志於醫之切雖如此，生質鈍椎，才能不過凡庸，無足采者．然不至誤治，而殺人者，以先覺所自得之要，幸存之所以耳．去歲辛卯朝鮮信使，來聘于東者，正宿於濃州大垣．家君與其醫官奇斗文，論理問病，筆語成篇．京洛書肆某，數請壽梓，仍附錄予三昆季所與家君論者，出與之應其需之．

旹

正德 壬辰 七月之吉

北尾權春倫 書

桑韓醫談卷上

正德元年 辛卯季冬朔夜 會朝鮮國奇斗文於濃州 大垣 桃源山 全昌寺

通刺
僕姓藤氏北尾 名春圃 字育仁 號當壯菴

啓
天涯萬里往來無恙, 固堪祝賀. 僕濃州大垣, 庸醫隱于市間者也. 嚮欲因馬島雨森芳洲, 請謁然, 僕携三子在學士書記之旅窓, 夜既及五更, 故不遂素懷. 今夜幸侍于賓館依于西山氏, 辱蒙盛眷冀許荊識.
又啓
公姓名如何? 僕有問目, 願垂高教.
復
俺姓奇, 諱斗文, 號嘗百軒, 職朝散大夫典涓司直長. 雖無湔腸滌胃之才, 以淺見所存者, 略示于足下矣.
一問 春圃 沙參之一種, 中華商船携來者. 四十年前, 大明一僧來于我邦, 視之曰 是野胡蘿蔔也. 本草曰 薺苨沙參通亂人參, 且根形如野胡蘿蔔, 是以疑之者多. 此名沙參者不知是否. 是時以唐沙參示之, 斗文能嚼 而味之.
一答 斗文 此唐沙參也. 不如我國之沙參. 土風各殊也. 薺苨一名蔓參, 形如人參 而味異也.
一問 我國自古有名蔓人參者, 三十年前, 貴邦之人見生於路傍者曰是沙參也. 噫! 貴國之人眞謂之乎? 我邦之俗衒之詫之, 貴國之人言乎? 本草綱目 所載者不如此, 故今携其根來. 蔓生倚木倚墻, 其花葉如圖. 葉靑花色紫 而薄莖根出白汁.

一答 是薺苨, 名蔓參者也.

一問 本草綱目 沙參條下曰 高二尺. 莖上之葉, 則尖長如枸杞葉, 而小有細齒. 秋月葉間開小紫花, 長二三分, 狀如鈴鐸, 五出白蕊, 亦有百花者也, 云云. 本邦處處有之, 花葉如圖. 根者今携來, 無違于本草圖說. 嚮言貴國之人見之名沙參者, 恐此花葉乎. 多生于野堤路傍, 我邦之俗名薺苨, 或曰 沙參未知是否. 俗名鐘人參者也.

一答 此乃沙參眞也. 正如我國之沙參, 初視者蔓參也.

一問 僕所以問沙參者, 潔古老人言 以沙參代人參, 取其味甘也. 本草綱目曰 人參上黨者, 其價與銀齊. 又證治準繩曰 人參其價尊, 貧者以白朮代人參, 云云. 中華如此, 況於我邦哉? 有其家貧 而不能服人參者, 請爲之垂示敎. 愚以爲據時珍之說, 則如無補陽之功. 然何謂代人參耶? 潔古老人別有所自得乎? 試以單沙參湯, 臣附子與之, 則其功如何?

一答 沙參藥性云 淸心益肺陰虛火動咳嗽. 痰火盛者, 不可以人參補之, 代以沙參. 窮貧者迫不得已代用. 雖然沙參湯中, 以黃芪附子同劑用之, 庶可少有功.

一又 我邦之人參, 產於深山無人烟處仙人往來, 云形如童子者, 一名神草也.

一問 時珍曰 以萎蕤代參芪, 不寒不燥大有殊功, 此昔人所未闡者也. 公用之, 其功如何? 中華商船携來萎蕤 是也.

一答 土風各殊, 本國所產盡後, 或用可.

一問 我邦之萎蕤, 是也. 我邦之黃精出之, 長而柔者也.

一答 此眞也. 古人用萎蕤湯, 多用以此爲法矣.

一問 其一證始發也. 腰痛或脊骨爲痛中間, 手足筋攣, 動身, 則脇腹攣痛, 經二三年 而後脊骨凸形如く屈曲, 而不能起床, 五七年或十年, 腰下甚瘦, 一身屈而死, 婦人多患之, 男子亦間有之, 補瀉溫凉, 其無效. 此治法冀垂示教.
一答 此証, 濕熱痰三氣挾風游走於督脉足部, 用藥則三合湯, 灸則肺腧膏肓腧可矣.
一問 小兒疳痢疳眼蓄熱, 而久不愈者, 冀傳家祕一方.
一答 此症, 乳哺不節, 臟腑不和. 仍成天地, 不交恭之症. 俺有一少方, 示之足下矣.

抑肝扶脾散 陳皮 青皮香油炒 神麯炒各六分 白朮土炒 龍膽草酒洗 白芥子炒 山楂子 白茯苓各八分 人參五分 黃連姜炒一錢 柴胡 胡黃連 甘草各三分 生姜三片

此外, 又有消食保童元, 消食餠, 肥兒丸, 亦皆効矣.
一問 一人歲三十三, 耳聾多年. 其因六七歲, 而溺水患聤耳. 十三而病傷寒, 衄血聤耳亦發. 雖治療而耳氣頗通人聲咫尺, 則如聞似不聞今也. 右耳鳴頭冷, 或斷出血. 喜暖恐寒. 凡物遮於前, 則心悸用理中湯, 異功散, 六君子湯, 歸脾湯, 金匱腎氣丸等不効. 脉五動, 按而無力. 冀告治法. 公明日出大垣, 行程半日, 到處今須驛也. 供食之間, 此病人可請見于公, 脉之詳垂尊諭?
一答 明日來, 則診脉粗知矣. 用藥大補, 此是陰虛之症也. 耳通於腎, 相火作孽如此.

斗文到于今須驛, 診脉探胸腹曰 虛里動, 以補中益氣湯, 加香附子, 縮砂, 牧丹皮, 各一錢, 蔓荊子, 桑白皮, 各七分, 兼服雲林潤身丸, 更灸風池穴, 三七壯矣. 嚮答予, 以相火作孽, 脉之後探虛里動, 而以益氣湯, 潤身丸矣.

一問 癆瘵傳屍者, 貴國亦有之乎? 其治法如何?
一答 此症, 中古多有, 而今世無有略覽古人之方置之矣. 一依天民之法加減造化.
一問 仲景曰 傷寒溫熱病臟結者死. 予臨病思之, 其證心下滿如實, 又似虛大便泄溏, 其舌白胎經日而不黑. 飮食減半, 病人靜多眠. 補之則胸膈苦, 瀉之則大便頻, 和之而生者十之一二. 是藏結之症乎? 臍腹有痛不痛. 其治法如何?
一答 此論令俺意, 一如風中臟者同也. 依仲景之法矣.
一問 傷寒溫熱病蓄血之症, 治上犀角地黃湯, 治中桃仁承氣湯, 治下抵當湯丸. 又曰 蓄於下焦, 則如狂便黑小腹急結, 按之則痛, 其脉必芤濇也. 僕依之公之治法如何?
一答 其中此論正合俺之淺見矣. 水蛭虻虫炒黃, 消毒用之可矣.

啓 春圃
趣裝轉盻之間, 不顧驛旅辛苦萬狀者, 良緣難常, 故恐懼再拜言 明公未知許否, 僕有五男子, 伯號春竹, 仲號春倫, 叔號道仙. 餘皆幼欲敎醫於三子. 然不識經意, 父誤則子亦誤. 僕如有所得者, 書醫論六條, 以呈案下公暫留坐目擊一過, 告可否, 則公恩終身不可忘. 雖鄙語不連續, 强顔對高明, 是爲三子也. 僕未諳素難, 何與公爭蚊力耶? 所以欲備我之醫論於靑眼者無他. 以先不陳其愚, 而問公之底蘊, 則近不恭也. 只以公之意治彼治此, 所其自得之要, 且奇効方. 僕幸得聞一, 則所仰慕可足, 請憐察之.

醫論六條

樞紐

張氏曰 命門之火謂之元氣, 元陽, 眞陽, 命門之水謂之眞精, 眞陰, 元陰. 此命門之水火, 卽十二藏之化源, 故五臟賴之, 又曰 天之大寶, 只此一丸紅日, 人之大寶, 只一息眞陽設無. 此日則天地 雖大, 一寒質耳. 人是小乾坤, 得陽則生, 失陽則死矣. 先哲曰 火多水少爲陽實, 陰虛其病爲熱, 水多火少爲陰實陽虛, 其病爲寒矣. 予據此兩說有所知覺. 所謂眞陽之氣, 以譬言之, 夫人之腹內如釜中之溫湯, 溫者先天之與我者, 而元陽之常, 固無過不及也. 火氣壯, 則其湯沸騰, 眞火衰, 則釜中滄也, 其沸也添水, 其冷也益薪. 欲以芩, 運, 知, 蘗, 石膏之寒冷者, 察眞陽之常, 而不可失其溫, 溫去則死. 以參, 附, 薑, 桂之溫熱者, 不可益其溫. 節之以不可沸, 不可冷也. 且難經曰 臍下腎間動氣者, 人之生命也. 氣者人之根本, 如草木有根矣. 介賓之命門辨, 雖不曰 腎間動氣, 丹田之地旣命門, 則不謂而明備. 難經則謂各藏之動氣者, 其藏氣不調之處, 築築跳動也. 故曰 按牢若痛因之知若痛者, 豈命門之動氣乎? 予自弱冠始入醫門, 以來探臍邊候, 其動氣按, 而不牢不痛, 如眞陽得常, 則寂然而與脉動也. 實火者, 其動有力, 且水中之火動者, 進而無力, 火衰則肌表大熱, 其動甚弱. 火動者進而小, 火衰者進而散. 或無或浮散, 或上于胸膈, 或有脉, 而無動氣, 仍思之實似虛, 虛似實者, 及陽虛之假火, 孰能敎之? 此動能敎我者也. 脉平而死, 脉絶而生者, 旣在掌, 故以脉有力無力知陽虛陽實. 且察腎間動氣, 可識得眞陽之衰不衰. 是我治法也.

陽有餘者, 丹溪之所發揮. 然難滿易虧. 且無水無火者, 可依其人施治之辨.

天者純陽運遷於外，地者純陰凝聚於內. 一陽充塞者，天地之常，而能化生萬物. 眞陽有餘者，人身之所喜，而順和五藏. 人非此火不能以有生，奈之何而可以無火乎? 一陽者上天所賦，而人隨其形所値，又各有厚薄虛實之不齊. 蓋肥者多陽，虛瘦者多陽，實所禀之陽全備者，無疾其病也，易治不全者多疾，其病也難治. 故其治法，陽虛者據薛氏張氏，火動者據東垣丹溪，此其大法也. 然以陽有餘之理有難言，火悉生於動者，夫辛苦勞役縱欲之人，因動眞火浮散而爲熱. 是皆陽虛之假火，以八味丸料，十全大補湯，或四君，參，附之劑，而愈者多矣. 恨丹溪不言，命門之眞火，因動浮散，俄然升天爲無根之焰者也. 予訪主靜齋主人，彼知醫以火易動，常好滋陰，謂予曰 服六味腎氣丸，則必大便溏. 予曰 勿服. 腎氣丸者，壯水之劑，而以制陽光. 今公之脉緩，察腎間之動，眞火之氣衰. 故脾胃虛冷得凉，則必難消化敎之，常以參，朮，薑，桂之劑. 彼頷之，不日而健他日與彼語，彼曰 始識命門之火上蒸脾土矣. 惟人肖天地，而不同者，以有辛苦房勞爲常，故其陽浮散于上，脫于下矣. 蓋命門之水，眞氣常滿而溫，人能見其水而不論其氣. 無氣者有水無火，是以陽虛可知之. 無水者只火而已. 譬之一室有燈火，光明能照於闇中，是水中之陽也氣也溫也. 是命門之眞火，則元氣也. 越人所謂腎間動氣，東垣所謂胃氣之本，張介賓所謂眞陽也. 火起於其中燒其室，則燈火亦俱滅，火與元氣不兩立者也. 是以陽實可知之. 火起於其中，則可滅以水，勿誤滅燈火矣. 地黃知栢益水之劑，其性寒凉，是則以水消火也. 寒凉大過，則眞陽衰也.

客問未發之火

應之曰 火未發也，人無知之，夫一室之燈火者，命門之眞火，而氣之根元也. 是則越人所謂腎間動氣，東垣所謂胃氣之本也. 火起於其中者，命門之火動也. 東垣名陰火, 其幾在勞役嗜慾, 火與元氣不兩立者也. 東垣以參, 芪補陽, 以生地, 知, 栢逐陰火者也. 譬十圍之木, 始生而蘗足可搔而絶, 手可擢而拔擄, 其未生先其未形也. 其及十圍, 則遠望知爲其樹. 夫人未病, 而面色如秋令. 耳輪稍乾婦人者, 血涸而無憂色, 脉之如有力, 又似無力, 而漸數, 腎間動氣亦弱. 此時眞陽已虧, 猶始生之蘖. 客曰 其虧如何? 曰 面色如秋令者, 陽氣不滿也. 陽者以滿爲常, 萎者陽虛也. 故耳乾, 乾而後必焦, 婦人血涸者, 火之幾起于命門. 命門者脾土之母, 而眞陽之府也. 母氣先虧焉. 夫血之源生於飮食, 今以胃氣漸虛血不足, 故涸而經水斷矣. 雖然以壯健如常, 而無寒熱咳嗽俗未知之. 東垣獨以甘溫甘寒, 而補脾胃和陰火. 曰 元氣賊也, 乃可治於未形也. 火始顯者, 猶蘖旣長也. 宜用參芪加生地黃知母黃栢. 李氏者以脾胃爲元氣之本, 要不損胃氣, 而逐陰火, 以甘緩之, 則陰火自退, 而元氣立焉. 客曰 丹溪所謂虛火可補參芪之屬者, 是乎? 曰 是也. 庸醫不會此理, 蘖長大, 却以參, 芪之大劑, 而不知加生地知栢. 積薪救火, 其可不究心乎? 或謂陽有餘火易動. 常好滋陰者, 日月減薪, 而釜中滄也, 虛虛之禍如指諸掌矣.

已發之火

火之始起也, 可消患於未形, 不然則如寸苗之蘖成參雲之大, 木火之始燃, 自至於燎原之熾矣. 內經曰 五臟生五火, 就中生於腎者非實火其未發也. 有眞陽之先虧, 其症男子者耳輪乾面色如秋令, 婦人者血涸也, 火之始顯也. 原病式曰 經曰 腎熱者色黑, 而齒槁, 凡色黑齒槁之人必身瘦, 而耳焦也. 庸醫不知其未發陽之先虧, 偏投補陰丸, 地黃丸. 其陽經日, 而減胃氣虛憊, 降多升少, 故不能蒸蘊脾土. 飮食不成肌膚, 而半成痰, 陰火愈襲來衝於心肺, 故咳嗽而吐痰. 次而自汗盜汗日晡寒熱交作, 於是遽補陽, 則虛火得力而逆上, 且補陰則脾胃愈疲, 嗟! 如窮兵對强敵. 然大便泄溏, 胃氣下陷足跗浮腫, 不日而死, 余甚憫焉. 然未能達于其治法, 往者不可追, 來者猶可及乎? 哲人知幾而已.

假火

時珍曰 澤中之陽焰, 狀如火野外之鬼燐, 其光如炬. 此皆似火, 不火者也, 夫假火之發也. 約之有三. 其一曰 因飮食勞倦, 有上中焦之陽氣虛爲發熱自汗者, 參考獨參湯, 補中益氣湯, 異功散, 理中湯, 十全大補湯之數論, 以甘溫施治, 溫能除大熱者也. 未發已發之火眞假疑似之間, 人之死生繫焉. 二曰 因勞役嗜慾, 有命門之眞火動, 而浮散于肌表, 或陽氣脫于下, 大熱如烙手者, 如誤服攻擊寒凉之劑, 則命門之元陽暗衰, 心胸動氣彈手, 頭汗如流. 眞火忽焉脫亡陽者死必矣. 治法參附湯, 八味丸, 十全大補湯, 加熟附子, 或四君子湯, 加附桂而投之, 則浮散之眞陽復于丹田, 臍下動氣收歛, 假熱頓去. 三曰 水極似火者, 格陽症也. 陰極發躁, 微渴面赤, 欲坐臥於泥水井中, 脉來無力, 或脉全無欲絶者, 投回陽反本湯則安, 人不知之, 以假火爲實火, 以陰虛爲陽虛. 嗟! 生死之路頭在此, 差之毫釐繆以千里, 可不詳辨乎?

客熱入腎中者, 以知母黃蘗之辨. 降火者依丹溪.

傷寒溫熱病頭痛發熱口乾, 屢服發表解肌之藥, 而日晡發熱尤甚, 或日輕夜重, 脉之數按而無力, 是客邪入于腎中爲陰虛火動也. 以六味丸料爲湯, 加知母黃蘗投之則安. 且發熱痰喘不能偃臥, 呼吸促迫, 大便結, 脉數按而無力者, 以滋陰降火湯, 淸離滋坎湯而頓安. 予治數人得効者也. 東垣曰 客邪與主氣二火相接所以爲熱病也. 倚于薛氏張氏者爲假火, 施以參朮可安乎? 斗文熟讀一過矣.

敬答 斗文

足下之所論深當祕理, 多效先哲之論. 自馬州至于江戶, 論理治療之業醫者, 多違古人之法, 今日正知足下之高明矣. 所論命門之說, 天非此火不能生萬物, 人非此火不能生五運. 內經云 壯火食氣, 氣食少火, 少火生氣. 以此可知命門衰, 則元陽虛, 古人八味丸有附子者益火之源, 以鎖陰翳也. 陰虛之証少加黃栢知母可也. 陽虛何用寒凉之劑乎? 仙醫之道詳審陰陽, 則庶可登東垣之門矣. 傷寒日晡潮熱之說, 熱在血分, 小柴胡湯合四物湯, 則其効如神管見如, 斯未知是否.

啓 春圃

公不辭旅憊, 辱垂尊諭感謝感謝. 仍供酒肴傾倒一樽, 暫時連榻則多幸.

復 斗文

萬里役行之客, 晨出夕返, 困倦之餘, 到處論理問病之人幾千百乎? 是故精神困憊, 如此拙筆略, 示端倪幸高明諒恕焉.

上卷[終]

桑韓醫談卷下

啓 春圃

雖附治法於論末, 恐倦看仍拔去之. 然是亦袖來, 尊公有意許之否, 伏冀阮眼爲一靑, 而下金言一句. 尊敎以生死之要, 何賜加之? 僕依有嗜醫癖, 不恐吐露方寸. 嗟! 醯雞不知有甕外之天耳.

治法

脾胃

內經曰 五藏者皆禀氣於胃, 胃者五藏之本也. 又曰 眞氣者所受於天, 與穀氣幷而充身也. 是以東垣老人, 補腎補脾之格言出焉. 龔氏曰 人之有生, 不善攝養房勞過度, 眞陽衰憊. 坎火不溫不能上蒸脾土, 冲和失布中州不運. 是致飮食不進, 胸膈痞塞, 不食而脹滿, 或已食而不消, 大腑泄溏. 此皆眞火衰弱, 不能蒸蘊脾土而然. 古云 補腎不若補脾, 謂補脾不若補腎. 腎氣若壯, 丹田之火上蒸脾土, 脾土溫和中焦自治, 則能進食矣. 治法以八味丸料加參朮. 予因玆有所得者腎間動氣也. 知此動, 則熱者淸之, 實者瀉之, 虛者和之補之, 且有可緩者, 有可急者. 一人年五十, 因脾胃虛憊, 患腫脹, 診脈緩而無力. 一醫曰 胃氣一虛, 則十二官職失其所. 故傳送失, 常腫脹起, 與補中益氣湯, 異功散數月無效, 經半年而死. 噫! 迂緩哉! 以東垣之金玉爲土塊也. 隱微之時常用益氣異功, 節飮食絶嗜慾, 而攝養之, 則可必治之, 緩則宜如此. 其症已發, 脉緩而腹脹苦悶, 非溫補眞火, 則脾胃何因治乎? 又一人年五十, 患腫脹周歲. 予五月下浣行而脉之緩弱, 而腹脹一身腫大腹皮欲裂, 大便自利, 不能手服藥傍人以匙與之, 死在旦夕. 予以爲丹田之眞火衰微也. 以人參附子各一錢半, 白朮肉桂各一錢, 乾薑七分爲劑與之, 十五日大便調, 而小便不通, 强用之十五日, 小水如湧. 仲秋漸步, 初冬全安. 是以可參考焉. 又有陽虛陰火者宜據東垣而施治, 陽實者其治法在未發火之辨.

補陽

一人年五十五, 勞役而感風寒, 服清熱解散之劑, 而後日日虛憊, 發熱自汗, 大便泄溏, 足跗浮腫到危. 予脉之緩按而無力, 心下空虛, 臍下之動虛微. 是命門之火衰, 而脾土虛寒也. 爲發熱者腎經虛火遊行於外也. 急可補陽, 以人參二錢, 附子一錢半爲一貼, 兼四君子湯, 加附桂爲大劑與之 數貼而安. 張氏曰 人是小乾坤, 得陽則生, 失陽則死. 予以爲夫心者, 神明之舍, 君主之官, 氣者 聽其命而行, 其氣之化源在腎間之眞陽, 而爲生命之根者也. 元陽子曰 大道無名, 非氣不足以長養萬物. 由是氣化則物生, 氣變則物易, 氣甚卽物壯, 氣弱卽物衰, 氣正卽物和, 氣亂卽物病, 氣絶卽物死, 所謂氣者陽也. 一陽舍于形而爲生, 一陽滿而得常, 一陽去而失生. 內經曰 凡陰陽之要陽密乃固. 此言陰之所恃者, 惟陽爲主也. 孤陽不生獨陰不成. 故君主失舍, 死生之機在陽之過不及乎?

脉絶而生, 脉平而死.

一人年三十, 夏月患熱. 治療更醫無効, 二旬後脉如有如無, 手足厥冷, 口不語目不見耳無聞, 身不能動爲生爲死. 予察腎間動氣. 猶有呼吸, 亦似有根, 而不迫於胸膈. 仍投以參附各十錢, 迨飮盡能轉身始求食. 手足溫和, 元陽復臍下, 脉來五動, 與附子理中湯數劑而安, 非有腎間動氣不絶者, 可生之理乎?

一人年三十五, 霍亂吐瀉, 手足微冷, 脉虛微, 與參附湯, 附子理中湯數貼無効, 脉絶而冷汗如流, 兩手氷冷至肘, 且嘔而吐藥, 死在須臾. 予以爲雖無脉爲嘔吐者, 有升氣也. 知陽未絶猶潛心, 候之有腎間動氣之在, 聲音亦有根. 知是實似虛, 與之以梹榔一錢, 而吐頓止, 手足溫暖, 冷汗止而脉見, 連進三錢思食, 以不換金正氣散調和而安, 非有脉絶而生者乎?

一人年五十八, 吐瀉之後, 不食腹漸脹, 一塊橫心下, 不時有嘔吐. 一醫爲傷食, 或爲疝氣治之無効. 脉五動稍弱, 腎間動氣全無. 予以爲命門眞火衰微, 而脾土虛寒, 食積不行也. 經曰 壯者氣行則愈, 怯者著而成病也. 素無陽氣之可行故著, 何以消食順氣劑而行乎? 不以參附薑桂宿砂之屬, 則無可治之理. 藥氣勝之則可治, 不能勝之却愈爲嘔吐者不可治, 强與之三四貼, 嘔吐猶不已. 予知其死, 仍辭去經三十日而告終. 是脉平而死之證乎?

實似虛者, 或瀉之, 或和之.

一婦年二十五, 平素虛人, 而有火之幾, 去歲與八物湯而安, 仲夏患霍亂吐瀉. 脉之如有如無, 吐後轉筋甚, 手足厥冷, 是暑熱燥經絡也. 以四物湯, 加生地黃, 佐肉桂而與之, 一貼轉筋頓止, 手足得微溫, 而有惡心, 脉猶前, 睡後白睛多, 甚疲甚危. 一醫脉之曰 不可治. 若以人參劑, 則有可生之理乎? 擧家聞之, 驚哭遽爾與人參劑, 却吐甚殆欲絶, 故又招予. 予以爲先用四物湯之間, 有惡心, 雖轉筋安, 知是停食不盡. 然一醫以脉如有如無, 與人參劑補住而益吐. 今雖脉弱吐, 而衝心者陽之動也. 且心下按而爲痛, 臍下動氣猶有力, 乃取症不可取脉也. 與之以不換金正氣散, 加茯苓一貼吐止, 二貼思食脉漸連續, 七貼而起床, 以八物湯調理而安. 虛中有實者, 先和而後補之, 或先補而後和之. 虛實疑似之間, 活殺在此乎?

一人年三十, 患熱. 經日不解, 三更醫無効. 耳聾舌焦黑不語, 其形甚疲, 而不能手服藥, 身不能動. 以獨參湯而俟斃. 隣人恐, 其父母之悔而招予. 行而脉之兩尺虛微, 而猶有按心下, 則只皺面如難堪. 予知實似虛, 急與調胃承氣湯一貼出舌求藥, 二貼而能言, 三貼而思食, 後調理而安

未發之火

一人年四十, 十月面色憂. 怠惰嗜臥, 微帶咳嗽. 然人未病, 只飮食不知味而已. 脉之數按而無力, 腎間動氣如有似無. 予驚而治之. 以四君子湯, 加當歸宿砂, 或肉桂助元陽之虛. 兼以六味腎氣丸, 加參朮, 一補元陽一補眞陰, 而制陽實. 每日如此服之, 如彈天平一般不可偏勝. 若偏於補陽藥多, 則陽旺陰消, 而壯火愈動, 若偏於補陰藥多, 則陽氣減, 而懶動作. 彼亦知此理, 服藥無怠, 至次年三月始安.

假火

一人年四十, 患大頭痛, 二旬不已. 發熱眼赤, 頭汗足冷. 使三人抱頭, 而猶難堪. 脉之緩, 沈診全無, 其腹好按, 臍下動氣亦微. 予以爲難經曰 持脉按之, 至骨擧指, 來疾者, 腎部也. 今沈診至骨擧指全無者, 命門眞火衰. 急以八味丸料爲湯加人參, 倍附桂進之, 二貼頭痛如忘, 二十貼而安.

一婦年二十五, 九月產, 而後口舌爲痛. 大便溏, 或下血, 至于春不痊. 補氣補血淸熱之劑俱不効, 諸醫技究, 羸瘦臥床綿延, 而至于五月, 以補中益氣湯, 而手足浮腫, 發熱譫言, 脉數而擊, 口舌愈痛. 或以人參白朮散絶食, 五日欲尿而動身, 昏悶若死. 暫而甦, 其顔色蒼蒼帶黃, 一身浮腫, 胸中動氣彈手, 臍下之動全無. 先哲曰 口舌爲痛, 飮食不

思, 大便不實者, 中氣虛寒, 又曰 口舌生瘡, 食少便滑, 面黃肢冷者, 火衰土虛也. 因玆思玆, 素虛冷之婦, 數月得寒凉, 而命門眞火衰微, 不能蒸蘊脾土也. 急以參附湯, 又投以附子理中湯, 八味丸, 加人參白朮進之, 五貼脉漸收, 假熱悉去, 譫言亦止, 臍下動氣稍見, 攝養三十日而安.

陰陽如權衡. 人病則欲使陰陽如權衡, 常則欲眞陽有餘也.
一人年三十五, 患熱病. 發熱耳鳴, 口乾舌漸焦, 睡後謬語, 惡心嘔吐. 一醫與淸熱火痰之劑, 則吐之. 予知平素有痰火, 以六味丸料, 加知母黃孽與之. 二次吐頓止, 而後日晡發熱, 口舌乾, 脉虛數而不食. 猶知虛中有火, 與淸離滋坎湯, 熱退則心神不寧, 寤而不寐, 元氣稍弱. 乃二異功散助陽氣屢與之, 則陰火襲來, 又與滋坎, 或六味丸料, 火勢緩, 則以異功散, 四君子湯, 加麥門五味子, 一補陽一降火如此施治, 五六日客火得汗而去. 後與異功散調理而安, 是以知陰陽不可偏勝矣. 客問曰 客火脉虛數無力, 其治法如有所得. 然已發之火, 何不以降火滋坎乎? 曰 客何不思之甚也? 已發之火, 其未發眞陽先衰, 故胃氣弱. 今患客熱者胃氣未虛, 故以寒凉而安. 雖然不可失釜中之溫, 過用寒凉, 則冷而死. 好生之客幸毋輕視.

火極似水
一童仲夏患熱, 十三日不解. 一醫用和解劑, 或黃連解毒湯不効. 又更醫以其脉無力, 與加味益氣湯熱愈甚, 於是招予. 脉之五動緩按而弱, 時又如數. 譫言耳聾, 口舌俱焦黑, 小便赤澁, 大便三日不通, 四肢厥冷. 予未曉虛實, 先以參朮與之, 一貼脉之愈弱, 四肢倍厥冷, 心胸苦悶, 難如何? 仍知陽症似陰, 按心下而問痛不痛, 不答而只有皺面難忍之色. 且臍下動氣有力, 愈曉實熱. 急以防風通聖散, 與之一貼手足稍溫, 三貼而思食, 連進數貼熱減半, 以竹茹溫膽湯調理而安. 斗文熟讀一過矣.

敬答 斗文

所論治病用藥, 無違於古人之活套法, 可謂東海之天民也.

又

防風通聖散, 風熱燥三者之總劑, 傷寒如此之症用之, 必効可謂高矣.

啓 春圃

僕誤蒙褒獎. 嗚呼! 坎蛙之見, 安敢當? 安敢當? 還慙愧. 明公忘長途之疲勞, 於仁術幸垂憐察而告底蘊. 其恩高於山深於海, 感激無已. 只恐懷厚眷, 不問厭困, 仰願宥恕. 恨歸軺在明日. 此會忽忽無盡懷. 鷄聲頻報, 今玆辭去, 明朝來可拜謝耳.

二日之朝訪旅窓

謹啓 春圃

昨夜不恐賢勞, 到于鷄鳴高敎多端, 何時忘鴻慈乎? 噫嘻! 海雲萬里, 後會難期, 臨楮惘然不知所裁. 只願高軒平安入于三韓矣.

復 斗文

昨夜偶逢吐論, 迨今不忘. 行期甚忙, 正所謂萍水相逢之事, 握手不忍別, 嗚咽不成語. 連日好存, 此外更無他言.

金衣者牛黃淸心丸.

長者紫金錠.

圓者薄荷煎.

寫相別之衷.

謹启 春圃

臨別辱賜良藥三種, 感佩實深. 謹呈小白紙千葉, 聊陳別意, 物雖些甚幸冀笑納.

桑韓醫談畢

附錄

伯仲叔曰 去歲家君, 以醫論治法呈于奇斗文, 今讀之, 其所論撮自得之要. 故有難曉者, 眞陽之氣比以釜中之溫湯, 其旨趣詳垂示教.
答曰 人是小天地, 孤陽不生, 獨陰不成. 知陰陽之過不及, 則其治法何誤焉? 上天賦人以一陽. 故眞陽之氣滿于血中, 而陰陽和平也. 蓋人之腹內不溫, 則不得常, 溫中生熱, 則爲之病也. 用寒凉之藥, 而去其熱, 熱去而要復于常之溫. 腹內冷, 則用溫熱之藥, 而要復于常之溫, 不可有過不及也. 熱者壯火之氣, 溫者少火之氣也. 故譬之以釜中之溫湯. 少火之源寓于命門, 而爲腎間動氣者也, 別以燈火之譬者, 告其衰不衰而已.

問 少壯火之說, 以藥氣之溫熱論之, 今所示教新, 以命門說之, 未知有所據乎?
答曰 少壯火之說, 王太僕曰 雖承氣味而言, 人之陽氣壯少亦然. 脾胃論曰 經曰 熱傷氣 又曰 壯火食氣 故脾胃虛, 而火勝, 則必少氣不能衛護皮毛, 通貫上焦之氣, 而短少也. 天民曰 天非此火不能生物, 人非此火不能有生, 其不可無也. 此非少火生氣之意乎? 又曰 火與元氣不兩立, 一勝則一負, 言其不可亢也. 又非壯火散氣之謂乎? 且龔氏曰少心則少火也. 予因于此語, 本於張介賓命門之說, 探腎間動氣, 而告衰不衰者也. 少火者, 一陽之溫者, 而其源在命門, 壯火者, 病而所生之火也. 內經所謂五藏生五火, 是壯火也. 今獨云腎中者以食元氣也. 依丹溪介賓而偏, 有不取其意. 何者丹溪說火動, 而不言命門之元氣, 介賓詳說命門之眞陽眞陰, 而不言火動也. 予治療之間, 壯火者依丹溪, 火衰者依介賓, 而說以少壯火者也.

問 以燈火比于元氣, 請詳示之.
答曰 內經曰 少火, 難經曰 腎間動氣是. 人身之一陽, 先天之與我者也. 其根帶寓于命門, 而爲水中之溫, 曰眞火胃氣元陽眞陽, 皆一也. 人得常則少火, 生氣能爲視聽言動, 飮食得之, 而能消化矣. 我所以譬眞火於燈火者, 以陰中不可無也, 夫腎病而生火, 則似少火爲壯火, 壯火食氣, 故云 燈火亦俱滅矣.

問 少火變爲壯火, 今所示教, 少火者元氣比之燈火, 然則元氣變, 而爲壯火耶? 天民曰 陽虛者, 心經之元陽虛也. 其病多惡寒, 責無火. 治法, 以補氣藥中, 加烏·附等藥, 甚者三建湯·正陽散之類. 曰 陰虛者, 腎經之眞陰虛也. 其病多壯熱, 責其無水. 治法, 以補血藥中, 加知母黃栢等藥, 或大補陰丸·滋陰大補丸之類. 王注曰 益火之源, 以消陰翳, 壯水之主, 以制陽光也, 其意盡焉. 今示敎之, 以命門指元氣, 而不說心. 且云 無水者, 勿誤滅眞火也? 嗚呼! 迂哉! 乞聞其詳.
答曰 宜哉! 問我亦疑之數歲. 然今以先哲之格言, 臨病施治, 而有所自得, 粗述其故. 夫少火變爲壯火之理, 非眞火變而爲壯火. 固眞陽所寓之地生火而爲壯, 則傷元氣也. 所論天民之語, 潛思之有未盡其源也. 後人不分心腎, 一依于命門也, 以六味腎氣丸制陽光, 用八味丸益火之源, 且加人參, 則少火能旺眞陽充塞, 而能生氣, 脾土調和焉. 我親治之, 而有効者也, 初學謂元氣元陽主心, 故以知栢制腎中之壯火, 熱速退則心得常, 而元氣立焉. 是但知眞氣在上者, 而不知在下者也. 能知醫之人, 亦要以知栢制壯火, 而不可損脾胃, 是世間之大法也. 是亦知眞氣生於水穀, 而在中未及于下焦也. 眞氣之下者, 氣化於精藏于命門, 以爲三焦之根本者也. 腎間動氣在焉. 不見乎精氣神藏于心腎, 張介賓云 元氣元精寓于命門, 元神舍于心也. 少火絶則神亦去焉. 眞火者元氣, 陰火者腎病, 而所生之火也. 介賓云 腎熱骨蒸者, 以地骨皮者也. 陰火加于眞火, 則元氣在陰火之中, 是所以火與元氣不兩立也. 故云 以知栢勿滅燈火矣.

問 燈火之說得聞之, 然未能無疑, 故再乞示教. 夫命門之火動者, 如燈火熾盛, 而其油盡, 其治法增油, 則光焰自滅, 此非必然之理哉. 答曰 三子之心一如此, 我亦中年之意, 如爾等而已. 夫壯火者所動之火也, 少火者人身之常, 而爲水中之溫爲元氣. 世人只知壯火之爲燈火, 而不知少火之爲燈火, 卒增油, 則燈火忽然而滅矣. 故治法, 有一補陰一補陽, 使陰陽如權衡也.

又問 東垣曰 以脾胃爲主, 以胃氣爲元氣之源, 火與元氣不兩立, 且元氣之賊, 又曰 人參黃芪益元氣, 而瀉火邪. 丹溪曰 虛火可補參芪之屬也. 僕等以養正邪自除之理, 火動者强投參芪之大劑, 而無有功. 假火大熱者投參芪, 熱速退然, 則東垣之語指假火言之乎? 其治法示之. 答曰 東垣 以胃氣爲元氣之本, 曰補腎不如補脾矣. 胃氣者何也? 爲人身之溫, 溫生氣, 氣爲視聽言動, 溫消化飮食, 其源在命門, 而爲腎間動氣, 龔氏 曉之曰 少心則少火也, 復曰 命門衰, 則坎火不溫, 不能上蒸脾土也. 許學士曰 補脾不如補腎, 龔氏 蓋因之, 以參附姜桂熟地之屬補坎火, 則脾胃能消化, 腎水生玆矣. 坎火則腎間動氣也. 人病脉如有如無, 不能視聽言動者動氣絶, 則神去而死也. 未絶而微如縷欲神脫者, 得參附而動氣見, 則脉稍連續, 神復轉身. 初知人始言語. 我以是曉胃氣之本爲命門之元陽也. 能知之, 則陰火假火判然也, 哲人之語如合符契. 王太僕 壯水之主益火之源, 許學士 補脾不如補腎, 東垣補胃氣逐陰火, 龔氏 一補陰一補陽, 使陰陽如權衡也, 以是可知之. 且火與元氣不兩立之決, 有下元陰火蒸蒸然者, 加生地黃蘗之語, 非言假火也, 丹溪之明, 何可惑于假火耶? 然後學者不辨眞假, 以陽虛陰火者誤投參芪大劑, 而託丹溪之語, 不曉東垣之底蘊. 故我言未發火之辨者也. 夫火之發也有緩急, 緩者以參芪當歸甘草, 兼服腎氣丸之類, 則間得愈, 火稍盛而元氣虛者, 一補陰一補陽, 不可損胃氣而治之. 多難治, 雖有大熱假火者, 以參附姜桂則愈, 詳察之可施治矣.

問 今代之醫, 多高漢唐, 而不問宋元, 取明龔氏之書, 曰 語拙矣. 今示教之, 有龔氏之語, 其故如何?
答曰 夫醫者始于素難, 自宗仲景, 以來經河間東垣丹溪, 而其道明備也, 後世得之, 而補其不足也. 今世雖因于四子之說, 閱元明之方書, 而得其道. 漫好高說, 而耀技衒俗耳. 龔氏之書, 雖曰其文拙, 何可及之乎? 廷賢者惟詳于治療也, 知少火在命門, 蒸蘊脾土, 且說腎間動氣, 陰虛火動者, 要一補陰一補陽, 令陰陽如權衡, 不偏補偏瀉, 而能曉虛實者也. 嗚呼! 高說而卑龔氏者, 有不知其蘊奥, 偏見之癖之所以也.

問 然則高龔氏乎否?
答曰 不然. 夫察虛實之要也. 以進陽之氣見于面者, 識神色, 能聞能問, 詳脉而正心下之虛實, 且探腎間動氣, 識得之. 自軒岐以來歷代之名醫, 察死生之要, 不可過之, 能識之, 則有漢唐卑, 而今代高者乎? 何專依龔氏, 只可取哲人所得耳?

問 時珍取王氷之語, 說陰火陽火, 曰 陰火者得濕愈焰, 遇水益熾,以水折之，則光焰詣天．今世之醫因此語，見陰火，則有以參附大劑者，此理如何？
答曰 宜哉！惑于王氷之語耶？夫有陰火有假火，俗不知分二物．偶有假火者，而投參附，光焰頓退，則以爲此理適中也．復見陰火曰 龍火之熾盛，以火逐之，則燔灼自消，焰火其滅也．卒投參附姜桂之溫熱，不日而死．何爲其愚哉！前人謂 俚俗醫師，不由經論，直授藥方，以之療病，非不或中至於遇病，輒應懸斷死生，則與知經學古者，不可同日語矣．豈不眞乎？東垣治法曰 兩丸冷，前陰痿弱，陰汗如水，小便後有餘滴，尻臀并前陰冷，惡寒而喜熱，臍下亦冷者，固眞湯之中，以龍膽草澤瀉知柏之寒冷．又曰 婦人經水不止，如右尺脉按之空虛，是氣血俱脫，大寒之證．輕手其脉數疾，擧指弦緊或澁，皆陽脫之證．陰火亦亡，見熱證於口鼻眼或渴，此皆陰躁陽欲先去也．此法當大升浮血氣，切補命門之下脫也． 升陽擧經湯人參黃芪肉桂附子熟地之大溫爲主，佐以升浮之藥．我以是常歎息．嗚呼！庸醫說東垣者，只知補中益氣湯．恐飮食勞倦傷脾胃，而不知所以胃氣之見傷，所施平和之劑，而不至于補瀉溫凉之嶮處．是不求其本之故也．李氏之明持脉如此，其溫可及也，其寒不可及也，今人何得知之乎？予常見富貴之人，就暖喜補恐寒惡瀉．醫亦隨俗衒婦，見虛則不分論陰火假火，偏投人參，陰火得補陽，獨旺不知使陰陽如權衡，惟恐參附不及也．孤陽不長而死，雖死不曉其理也．彼常高漢唐卑元明之醫，及此時遽爾曰 虛證不受補者不治也，噫嘻！不顧之甚哉！

問 僕聞無胃氣者，雖參附不能剋化故死．是虛證不受補者，不治之說也．然別有所見哉？
答曰 詳哉！問予亦以治法言之．夫醫之察死生也．不可不蹈霜知堅氷．

古云 無胃氣者死矣. 不能剋化藥者, 多疾之末者也, 未有說其末, 不言其始者也. 請我言其始, 所以知不受補者, 診脉察心下虛實, 探腎間動氣, 詳于治法, 而後可無疑耳. 斷死生之工夫, 不可容易也. 予所潛心者, 不過之一婦年三十, 經斷五箇月, 壯健如常, 而神色稍患, 聲微嗄. 予季春之間, 診脉虛而漸數, 腎間動氣進而小也. 是陰陽虛而有火. 其法可一補陰一補陽而治之. 故予以參朮之屬, 則面赤而耳鳴, 以熟地麥門五味之屬, 則停滯于胸膈. 予以爲此婦必到秋臥床. 是虛證不受補者也. 治療十日, 說其死於親屬, 而辭去到于九月告終. 又酒色過度之男, 年踰三十, 冬間患腰痛, 以十全大補湯稍安. 然未全孟春臥牀. 午前陰囊氷冷, 午後面赤發熱, 到夜汗出而解. 日日如此, 數更醫. 八物湯大補湯補中益氣歸脾四君六君等無効. 或以腎氣丸料則減食, 故不强用之數月, 臥牀而自若. 予仲夏診脉虛數. 是亦陰陽俱虛而有火. 予顧之, 倍加參附, 必可加熱. 雖然如假火, 則有可生之理, 仍投以四君子湯, 加當歸附子倍人參, 不經數劑而火壯. 故減人參與八物湯腎氣丸料, 則停滯于心下. 是亦虛証不受補者也. 辭去之後, 到秋死矣. 且胃氣下陷, 足跗浮腫者, 可以補陽治之. 然投參附不効者死證也. 命門之少火衰, 胃氣之源絶也. 此證有可治有不可治. 得溫補陽氣行, 則足跗浮腫悉去而愈, 不愈者有陰火, 而眞火亦衰, 陰火不受參附, 故決而死矣. 人有氣有血有痰有食有蟲有積, 有惡藥氣者, 有客熱有主熱. 陽虛而有火, 見其虛而補之, 則停滯于胸膈, 仍瀉之則疲. 且有虛實兼見者, 一補一瀉一和之間, 可察眞火之衰不衰. 又蟲積之類, 有如其虛極, 而不受補者, 和之而間得効. 如此者取證, 不可取脉也. 望察神色, 按心下虛實, 而可決死生也. 我雖無良師之導, 銘心鏤骨, 以先賢之金言, 臨病以其適理者. 略備醫論治法, 有其妙難以口舌伸者. 嗚呼! 兒曹! 勉旃.

桑韓醫談附錄畢

吾黨春圃, 以臨病施治, 據古人之確論, 所爲自得質諸朝鮮國醫官奇斗文者. 編爲一書, 附錄與三子討論者. 需予其題序, 不知醫, 則不能以一辭贊其六, 筆其事實於卷末云乎.

正德壬辰 初秋之望
岡行義

正德三年 癸巳孟春吉旦
皇都書肆 萬屋喜兵衛板行

【영인자료】

尾陽唱和錄
桑韓醫談

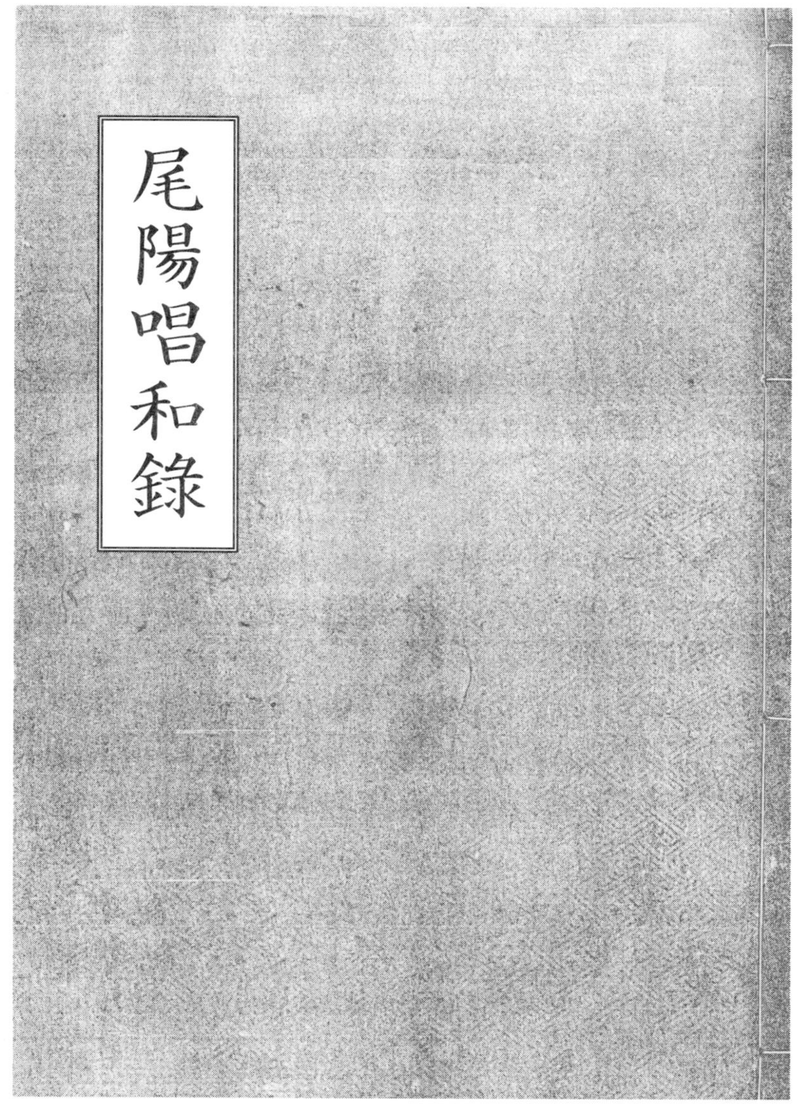
尾陽唱和錄

正德元年辛卯朝鮮來聘

正使　通政大夫吏曹參議知製敎趙泰億

字大年號謙齋又平泉

副使　通訓大夫弘文館典翰知製敎兼經筵

侍讀春秋館編修官任守幹字用譽

號靖菴又靑坪

從事　通訓大夫弘文館校理知製敎行經筵

又

朝鮮本與扶桑鄰
不憶今晨既捧袂

奉謝養見詞伯韻

高秋行色又深冬
明日郵程知又遠

又

濺濺驚波難斷雲
相逢千里異鄉君

韓東郭稿

前後危檣山海重
坐燒孤燭待晨鐘

一見猶欣德照鄰　寺樓無磬響寒雲
嗟吾舊疾難醫得　時後神方欲問君

兩東鄰好大禮就而　三官便駐歸與於
尾府之賓館珍重萬萬　不佞姓横田名
宗益号湍水軒有邦君命陪侍麾下幸相
見　斗文奇先生曾聞　先生國手才望
日久矣今又接構恰如逢久旱初雨不佞以瘍
科為業雖然謭才薄識而治療術未得奇

效者數條伏乞無惜南車手欣躍秘受

橫田宗益

斗文

僕庸才何敢應子之需雖然嘗所試者

亦不可默請論其略

此間治療術藥劑方問答數條略之

奉

嘗百軒音先生

滄水軒

美譽芳名慨素聞

青囊奇法獨因君

明朝別後儻締夢 飛入朝鮮日暮雲

斗丈

行役因倦之餘數三條月及四韻律千辛萬苦僅僅奉次書紙之人紛紛甚於楚漢精神散亂不知所措猶若眩暈之症少移時更屬精神從容奉次耳

湍水軒

不侫不顧君之長途勞請十年之話實不敬之甚也雖然萍水相逢再會也不可

期是不佞不得止者所以請問也敢謝敢謝

敬次 潏水軒 斗文

東海奇才天下聞 陰陽講確正逢君
清談未了夜將曙 回首頻望別路雲

遠自行役精神疲困之餘到處醫論或看病問症將至百人一纔精神尤爲昏憒如此拙作奉次置之右時時爲咲資可也

悴奉寄 韓國過客

潛齋 幡野養源

把酒寫情水陸間
幾緣兒女憶鄉關
客中縱有好風景
何似故園共醉顏

次奉 潛齋文案

三韓 東郭

年長在道途間
又着征鞭出武關
自是丈夫心坦蕩
備嘗辛苦亦歡顏

坦軒野恒 野中彦左衛門

聽禁旋之時幸見再憩於尾州起邑驛因
汚鄕趣東關日留別醫工林春菴之韻礎
卒呈座右伏惟郢斧如墨疊步幸甚

鯷岑雲遠李書樓　西過舟梁去不留
行滿奚囊詩幾體　一章新曲遏雲愁

蓋聽李漢後唐人家有奇書萬卷時号
李書樓起邑新造舟梁故句中云爾

特呈一絶於 東郭李學士請浮圖録

以見乞與清新之和篇併乞郢斧一莞

坦軒

老聃曾著五千字

逸少寫來換鵞群

假饒如令微道士

今猶藏弆孟公文

走次坦軒詞伯韻

呈韓東郭詩稿

蕭蕭風雪驛南樓

爲和新篇身[illegible]留

珍重一言堪替面

臨行還覺動離愁

寄詩生面眞高義　亦見高才逈出群
私丘明歸君且遠　一樽安得共論文

奉贈朝鮮學士東郭老先生　尾陽東輪天麟頭陀稿

北京三傑昔聞聲　今見雄藩有此卿
咳唾文瀾平地湧　塗鴉飛瀑潑天驚
一吟泉石生光耀　千里海山動姓名
願投將乾換趙璧　收藏蓬蓽擬連城

遙次 天麟詞伯寄示韻

三韓東郭拜稿

世上無人識爨聲　士甘窮餓不公卿
駒騰冀野雙蹄逸　鶴下瑤臺衆目驚
千里詩來知意厚　八叉才俊仰高名
此行蹔負臨歧別　怊悵音容隔海城

歲在黑龍仲春上浣

呈學士 李公

寓東輪濤百川艸

半歲半經六六州　夢魂幾度駐刀頭
莫言海外無祖餞　勝槩吟將載歸舟

遙次濤百川詞仙韻　三韓東郭稿

聞君詩律擅西州　恥向宣城讓一頭
和罷新篇清不寢　海天明月臥孤舟

奉呈學士東郭李公　瑞哲

健溪菖菴長頼拜

遠奉嚴命向西回　詩思入神七步才

臘月明朝春意動　幽香伴客雪中梅

逢次健漢詞伯寄示韻

東郭

始知東域有奇才

玉骨瓊葩傲雪梅

忙把新詩詠百回

清高品格吾何比

奉呈東郭李公

源藏

想溪眉巻長廣拝

一去武城幾月程

波平萬里錦帆輕

文[illegible]落地動東海

千歳長留豪傑名

謹次 恕溪詞伯寄示韻

東郭

片帆超忽一身輕
猶記溪翁舊姓名
海哇舟行自有程
瓊琚誰向行人寄

謹賦俚語三章奉呈
朝鮮國三使君詩壇伏斵 咲覽

日東草臣大田東作稿

其一

善鄰便賓向蓬萊　整整行裝觀壯哉
奉命英名鳴一國　落毫文彩耀三台
鼓吹古聽高麗曲　冠服令依盛漢裁
瞻仰徒添河岳念　海容勿罪獻卑才

其二

雲開寶轎望　台儀文武送迎旋
瀛岐日影半遮張　翠蓋春光一帶列
朱旗仁柔禮須爲風俗　箕蹟周封創
業基道所存唯緣

貴國近聞華夏變於夷

其三

殊方跋涉幾多州 何處景光慰旅眸
寒暑一年驚歳晩 煙波萬里促歸謀
江山有興吟隨作 郡國識名迹永留
弊邑雖無詩料獻 幸揮巨筆資風流

酬州射大田秀才見贈之韻

平泉稿

海外神山是丈來 仙查遊賞儘奇哉

境超康樂曾臨嶠　詞謝興公舊賦台
王事半年猶未了　客懷殘臘倍難裁
清詩解置愁時意　知子翩翩不世才

走次太田秀才韻

靖菴

風霜異域悴容儀　遠客支離滿路歧
歲暮江邊淹玉節　天寒浪泊返牙旗
行投釋氏新修宇　過界徐生舊創基
吾道悠悠浮海外　孤忠自視政如夷

走次大田東君韻

南圖散人

東來歷遍幾名州
海上風煙媚客眸、
貫月星査重遠泛
裁花錦石最良謀
一年徂席今將盡
萬里殊方豈久留
忽喜陽春聞妙曲
知君詞彩出風流、

奉呈 李學士詞案下

大田東作拜稿

大名曾聞古韓公
魁選當知一世雄

孔席三千唯入室、聖牆數仞孰窺宮
靑雲得意觀星斗　滄海浮杯來
日東處處翰塲　花發筆玄冬自若坐
春風

請勞公之手筆爲吾輩盧大顔

奉次太田東作詞伯韻　三韓　東郭　稿

老子文章媿鉅公　詞源敢比洞庭雄
勞道一採耀金榜　丹桂重攀入月宮

符竹曾分圻甸外　仙査晩泛海天東
王程有力驅人去　水驛行裝又北風

奉謝李學士　大田東作

者固仰　星槎駕於尾陽雖自知雲漢不可
親鍇慕不得止而裁微衷具　黿鼉一
且乞得勞　公之辛筆而扁吾蝸廬
公之寬仁如海不殘壓夯作揮巨筆書
宣春堂之三大字而賜焉尚襲以瓊琚之
知鳴呼本似之獻何其報之盛世乎謝意

欲陳而道謝旣指西京偶有雲鴻便
附短紙以聊謝厚眷

淸跡先時過尾境　微軀何幸荷顧情
高堂遍仰德星會　寒谷乍回春日榮
大字扁廬爲赤幟　瓊章照屋抵連城
字勢翩翩將飛去　攀翼追君至帝京

遙次大田詞伯寄示韻

東郭稿

侍讀官春秋館記注李邦彦字美伯
號南岡

上上官 三使文通事
同知 李碩麟　僉知 李松年
僉知金指南

上判事 日本朝鮮文通事
洪舜明　玄德潤
鄭昌周　金是瑮

崔漢鎮　金顯門

學士制述官前佐郎　李礥　号東郭

醫師　良醫　奇斗文　号嘗百軒

玄萬奎

押物判事（ミナモリハンス）　音物之役

李渭

朴泰信　金時璞

趙得賢

老大全抛少日業
猥將賤墨托交情
虚名自愧楣間字
盛奬還叨叅舞榮
顧我才非王逸少
愛君詩似謝宣城
寧知州府非賢路
會見亨衢接武京

歲黒龍仲春上浣

呈 醫官奇先生

大田東作稿

華陀妙思鬼先駭
神術誰圖入至微
方外傳名隨便節
囊中探秘弄天機

李張内外證詳辨　朱薛陰陽論豈違
到處回生濟世手　須知君別領春暉

奉酬大田醫師　三韓良醫嘗百軒

平生心術慚疎淺　爲有神丹闡妙微
欲識盧倉治病法　須如臏起用兵機
陰陽水火看宜細　生死安危驗莫違
知子一心存濟恤　可令寒谷遍春暉

通書論陰陽有餘略于此

再呈 奇先生

醫術文章齊有功
鄉山萬里春歸去

奉呈 學士李先生詞案下

天地縱橫道不疆
青松白雪同眼處

次贈 春哲秀才

大田東作

妙詞曾識愈頭風
種杏園中吟興濃

大田春哲拜稿

千山萬水思無妨
何底句中說異方

三韓東郭

爾家洪福自無疆恃比高陽也不妨
狂聖皆從蒙養始古人篤學貴知方

奉贈對州書記雨森東兄

崎水浮艸大田東作

公之大名風動來因衷公者回任
鄰好之大事以書記從便節實知非
公之大器者誰備此具乎時經寒燠
路阨艱險千苦萬勞之狀無遑而至

此地 國家之大事不可言也珍重萬萬
僕舊在于肥長崎而被識荊後出鄉
既十年形名改變西東漂泊不知其止
所也潛省身藏垂半百名無稱而今在
此境号大田東作無賴之掌醫也慚愧〻〻
是所以不言舊名就于館而不相見者也
雖然景慕不得止而默一絕而奉寄
旅館云爾

辛卯十月五日

希世英名先父知　聞隨星使渉天涯
海山萬里三秋歷　無限風光幾入詩

奉酬大田詞宗案上

芳洲拜稿　雨森東五郎

匪意所圖雲栈落手披緘捧讀頓覺爽風之生頰也公以長崎之産而來住于此繁華之地且以山中相業爲邦之巨望男兒桑蓬之志於是乎足矣僕固樸樕小品驅馳風塵[illegible]

殻裝饗實非所當不知何以得此於[illegible]足下哉有施無報恐迨不恭敢將述懐聊代木瓜荅勿罪焉

官路險難唯自知　況逢秋盡思無涯
華堂聊醉三盃酒　笑背愧無一首詩

辛卯孟冬初五日書於仙松院中

仲冬廿九日　韓使文歸節指西而復駐干尾府賓館仍逢雨　森芳洲於仙松院録一律呈

東作

曾顯手采出途迎　豈不悅親接謦聲
傾蓋未篤相遇樂　臨岐還抱別離情
驛途梅便慰通信　客舍萍身會寄生
客裏立談雖盡曲　庭松誓指歲寒盟
晤語暫時而告來　賓堂之會既初
於此忽忽相別不遑請和

奉寄　雨森東大人

菖卷恕溪

萬里嚴冬暮遠隨使節來想看風雅
客聞説出群才聲斷雲間雁香寒
雪裏梅錦衣歸故國親戚盡餘盃

次奉謝 恕溪詞伯

芳洲

瘦馬倦游客崎嶇衝雪來賴因
書錢字深慕雕氷才堂前九枝
燭庭開早桀梅無縁拌勝會
徒自惜傾盃

行裝壯麗筆軼文旗
賓館饒沃肉林酒池
三韓使節通信處
兩國交懽禮豐時

壬辰春 宣春堂題

寫字官
李壽長
李爾芳
畫師
朴東普
軍官
李諮
金鎰英
李行儉
趙健
韓範錫
柳濟
金世珍
韓潤基
書記
洪舜衍

嚴漢重

軍官

鄭壽松

鄭纘述

劉廷佐

任道升

金斗明

馬上才

南聖重

閔濟章

趙僙

申震熽

張文翰

卞景利

嚴漢佑

池起澤 李斗興

馬醫 安英敏

樂人 金碩謙 金世珍

朝鮮國王李焞　奉書

日本國王　殿下

聘問之濶倏焉一世竊審

殿下光紹

基圖誕敉區域其於隣好曷勝

欣聳肆馳耑价庸擧信儀

修睦致

慶式循故常仍將菲品聊寓

遠忱惟冀益懋令猷永固

交誼不備

辛卯年正月

朝鮮國王 李焞

日本國王源　家宣奉復書

朝鮮國王　殿下

玉燭時和應二儀大交泰

寶隣世睦講百年之欣懽

禮幣既豐

書辭且縟其於感懌罔罄

敷陳有少謝儀附諸歸使

願符善禱

永介純釐不備
正德元年辛卯十一月
日本國王源　家宣

正德元年十月五日朝鮮之聘使來至于尾州起驛此日天寒雨降人馬漂於泥途偶從事李公有恙便醫士林春菴候之談餘裁一絕而贈焉

留別林春菴

南岡

寒雨蕭蕭古驛樓　客行將發暫淹留
逢君幸得新知樂　奈此臨岐抱別愁

此夜三更三使入尾府賓堂明曉發
道旆至于尾參堺川書於茶亭而與
家從前以仁樹出布風並篠綿
秋風壯行意贈集臨之雲雲
以人爲也

靖菴

百過偏知去面背探眞容勝賞未
云足客中瞻雪峰

東韓權客題

十一月晦日便節旋西復至于尾陽鳴海驛或將水仙山茶花寒菊插竹筒而贈三便君

謝鳴海驛亭隱君子雪中送花

平泉

誰將雪裏花插此青青竹持以乞吾詩知君應不俗

謝鳴海主人贈蘭菊冬柏

靖菴

東征萬里復西還 舊館風光暫破顔
誰折芳華貽遠客 歳寒春在竹筒間

謝鳴海主人贈蘭菊冬柏

南岡

春蘭秋菊兼冬柏 花事如何共一時
多謝主人供遠客 雪中三嗅爲題詩

中冬晦月通信賓堂上與良醫奇斗文筆語而論醫術之餘奉呈

學士李公詞案　倪弘拜艸　竹田三益

不隔東西萬里濤
聲名洋溢仰英豪
源通洙泗遡洄遠
雲遶蓬瀛度越高
異域雲霜雙白鬢
太虛風月一形毫
歸期無奈來期鳳
此去明朝千仞翺

奉次倪弘詞伯韻

三韓東郭稿

傲眠杯着沃白濤 鬢毛凋盡氣猶豪
雲蹤跌宕扶桑遠 詩骨崢嶸富嶽高
自是奇遊真愜意 等閑餘事総如毫
更歸定有相思夢 遠逐春鴻海上翺

呈醫官 奇公

異鄉踏徧海東天
採藥歸時笠將重
無和

奉贈異域高客
春浮東海歷秋冬
從是往還應刻日

倪弘稿
妙術入神造化全
仙風飛雪富山邊

丹家養皃拜稿
雲水沈心幾許重
故園夢覺一樓鐘

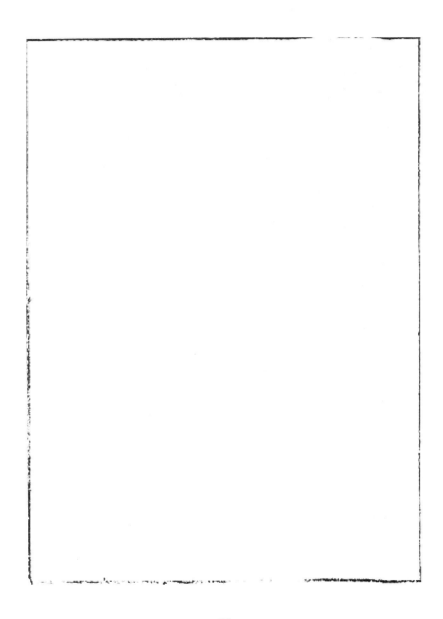

桑韓醫談
古
古7-90
5

桑韓醫談

韓醫談序

醫肇于聖神再來通人達才
代起繼其緒發其蘊所著書
亘萬計後世本素難取先哲所
各得者以宋一十家之學則醫道
之能事畢矣家君當壯耄齡踰

知命常告予。三昆季曰。醫之鑰術。以虛實爲要。我臨病之間。思指下難明之語。候下虛實。探腎間動氣。以察命門之衰不衰。然後知虛實。因就用將護如有所理者。未能達四診。而已

三十年。桒揄景迫。壯家難追。豈
不嘆乎。或入家是云父兄之病
為其子弟者。置身業地。執業擇
淚。業醫者對之計利顧名則仁
術之云哉。冀不以利汗義以欲
傷行矣 或曰 醫者只可見病尙

勿見外物至哉此言也可謂能識胃道者也兒曹継家志謹之勿怠焉。嗚呼家君志於醫之切謹如此。生質鈍椎。才能不過凡庸。無足采者。殆不至誤治而殺人。君以先覺所自得之要幸存

之所以耳。去歲辛卯朝鮮信使

來聘于　東都。宿於濃州大

垣。家君與良醫官奇斗文。論理

問病。筆語數篇。京洛書肆某好

請壽梓。仍附録予三昆季所與

家君之詩若出。與之應其需云

旹
正德壬辰七月之吉
北尾權春倫書

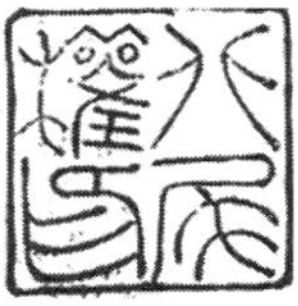

桑韓醫談卷上

正德元年辛卯季冬朔夜會朝鮮國奇斗文於濃州大垣桃源山全昌寺

通刺

僕姓藤氏北尾名春圃字育仁號當壯菴

啓

天涯萬里往來無恙固堪祝賀僕濃州大垣庸醫隱于市間者也嚮欲因馬島雨森芳洲請謁

然僕携二子在學士書記之旅寓夜既及五更故不遂素懷今夜幸侍于賓館依于西山氏辱蒙盛眷冀許莉識

又啓

公姓名如何 僕有問目願垂高教

復

俺姓奇諱斗文號嘗百軒職朝散大夫典涓司直長雖無消腸滌胃之才以淺見所存者畧示于足下矣

一問 春圃 沙參之一種中華商船携來者四十年前大明一僧來于我邦視之曰是野胡蘿蔔也本草曰薺苨沙參通亂人參且根形如野胡蘿蔔是以疑之者多此名沙參者不知是否是時以唐沙參示之斗文能嚼而味之

一答 斗文 此唐沙參也不如我國之沙參土風各殊也薺苨一名蔓參形如人參而味異也

一問 我國自古有名蔓人參者三十年前貴邦之人見生於路傍者曰是沙參也噫貴國之

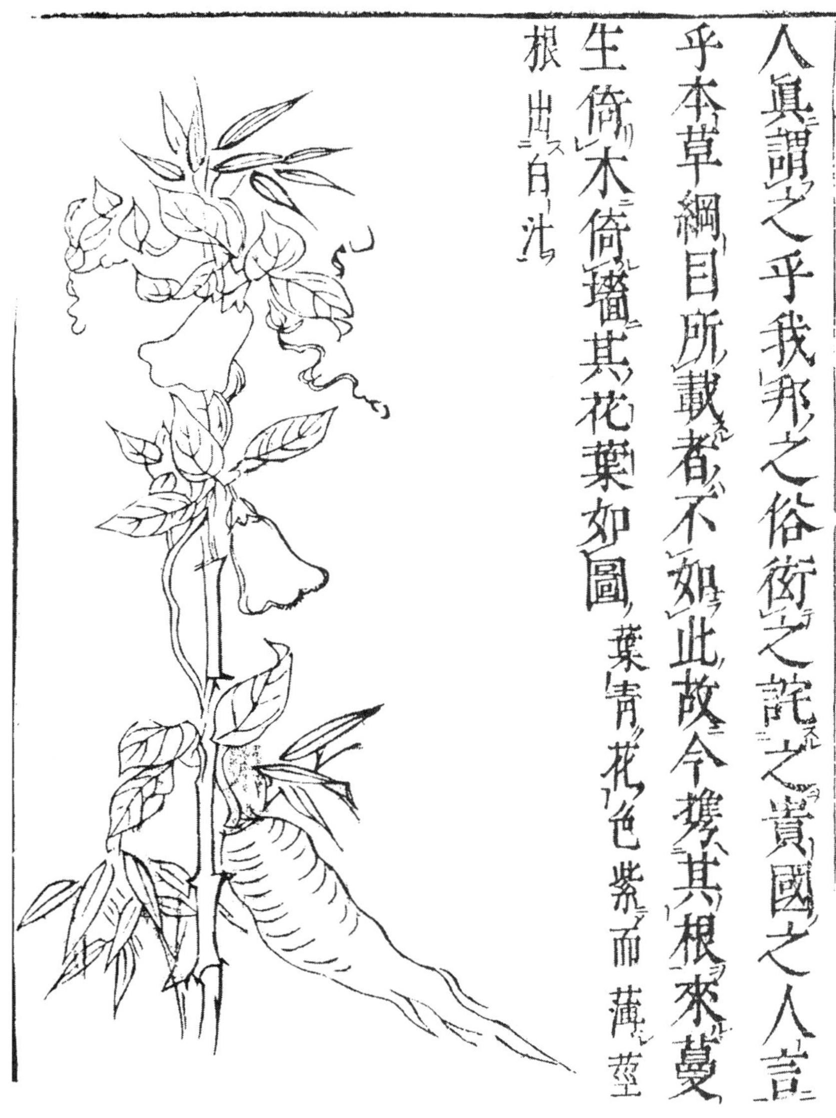
人眞謂之乎我邦之俗衒之訛之貴國之人言
乎本草綱目所載者不如此故今携其根來蔓
生倚木倚墻其花葉如圖葉青花色紫而莖
根出白汁

一答　是薺苨名蔓參者也

一問　本草綱目沙參條下曰高二尺莖上之葉則尖長如枸杞葉而小有細齒秋月葉間開小紫花長二三分狀如鈴鐸五出白蕊亦有白花者也云　云本邦處處有之花葉如圖根者今携來無違于本草圖說鄉言貴國之人見之名沙參者恐此花葉乎多生于野堤路傍我邦之俗名薺苨或曰沙參未知是否　俗名鐘人參者也

一答 此乃沙參眞也正如我國之沙參初覗者苜蔓參也

一問 僕所以問沙參者瀫古老人言以沙參

代人參取其味耳也本草綱目曰人參上黨者
其價與銀齊又證治準繩曰人參其價尊貴者
以白朮代人參云云 中華如此況於我邦哉有
其家貧而不能服人參者請為之垂示教 愚以
為據時珍之說則如無補陽之功然何謂代人
參耶潔古老人別有所自得乎試以單沙參湯
臣附子與之則其功如何

一答 沙參藥性云清心益肺陰虛火動咳嗽
痰火盛者不可以人參補之代以沙參窮貧者

迫不得已代用雖然沙參湯中以黃芪附子同
劑用之焉可必有功

一又　我邦之人參產於淺山無人烟處仙人
往來云形如童子者一名神草也

一問　將珍日以萎蕤代參芪不寒不燥大有
殊功此皆人所未聞者也公用之其功如何中
華商船携來萎蕤是也

一答　土風各殊本國所産盡後或用可

一問　我邦之萎蕤是也 我邦之黃精出之長而柔者也

一答　此眞也古人用萎蕤湯多用以此爲法矣

一問　其一證始發也腰痛或脊骨爲痛中間手足筋攣動身則脇腹攣痛經二三年而後脊骨凸形如く屈曲而不能起床五七年或十年腰下甚瘦一身屈而死婦人多患之男子亦間有之補瀉温涼共無效此治法冀垂示教

一答　此証濕熱痰三氣挾風游走於督脈足部用藥則三合湯灸則肺腧膏肓腧可矣

一問 小兒疳痢疳眼蓄熱而久不愈者冀傳家祕一方

一答 此症乳哺不節臟腑不和仍成天地不交蒸之症俺有一少方示之足下矣

抑肝扶脾散 陳皮 青皮香油炒 神麴炒各六分

白朮土炒 龍膽草酒洗 白芥子炒 山楂子

白茯苓各八分 人參五分 黃連姜炒一錢 柴胡

胡黃連 甘草各三分 生姜三片

此外又有消食保童元消食餅肥兒丸亦皆效

矣
一問　一人歲三十三耳聾多年其因六七歲而溺水患聤耳十三而病傷寒衄血聤耳亦發雖治療而耳氣頗通人聲咫尺則亦聞似不聞今也右耳鳴頭冷或衄出血喜暖恐寒凡物遮於前則心悸用理中湯異功散六君子湯歸脾湯金匱腎氣丸等不効脉五動按而無力冀告治法公明日出大垣行程半日到處今須驛也供食之間此病人可請見于公脉之議垂尊諭

一答　明日來則診脈粗知矣用藥大補此是
陰虛之症也耳逼於腎相火作孽如此
斗文到于今須驛診脈探胷腹曰虛里動以
補中益氣湯加香附子縮砂牡丹皮各一錢蔓
荊子桑白皮各七分　兼服雲林潤身丸更灸風
池穴三七壯矣嚮答于以相火作孽脈之後
探虛里動而以益氣湯潤身丸矣

一問　瘵傳屍者貴國亦有之乎其治法如
何

一答　此症中古多有而今世無有略覽古人之方置之矣一依天民之法加減造化

一問　仲景曰傷寒溫熱病臟結者死臨病患之其證心下滿如實又似虛大便泄溏其舌白胎經日而不黑飲食減半病人靜多眠補之則胸膈苦瀉之則大便頻利之而生者十之一二是藏結之症乎臍腹有痛不痛其治法如何

一答　此論令俺意一如風中臟者同也依仲

景之法矣

一問　傷寒温熱病蓄血之症治上犀角地黄湯治中桃仁承氣湯治下抵當湯丸又曰蓄於下焦則如狂便黑小腹急結按之則痛其脉必芤濇也僕依之公之治法如何

一答　其中此論正合俺之淺見矣水蛭虻虫炒黄消毒用之可矣

啓　　　春圃

趣裝轉盼之間不顧驛旅辛苦萬狀者良縁難

常故恐懼再拜言明公未知許否僕有五男子伯號春竹仲號春倫叔號道仙餘皆幼欲教醫於三子然不識經意父誤則子亦誤僕姑有所得者書醫論六條以呈案下公暫留坐目擊一過告可否則公恩終身不可忘雖鄙語不連續覥顏對高明是爲三子也僕未諳素難何與公爭鼓力耶所以欲備我之醫論於青眼者無他以先不陳其愚而問公之底蘊則近不恭也只以公之意治彼治此所其自得之要且奇効方

僕幸得聞一則所仰慕可足請憐察之

醫論六條

樞紐

張氏曰命門之火謂之元氣元陽眞陽命門之水謂之眞精眞陰元陰此命門之水火即十二藏之化源故五臟賴之又曰天之大寶只此一丸紅日人之大寶只一息眞陽設無此日則天地雖大一寒質耳人是小乾坤得陽則生失陽則死矣先哲曰火多水少爲陽實陰虛其病爲

熱水多火少爲陰實陽虚其病爲寒矣據此
兩說有所知覺所謂眞陽之氣以譬言之夫人
之腹内如釜中之温湯温者先天之與我者而
元陽之常固無過不及也火氣壯則其湯沸
騰眞火衰則釜中滄也其沸也添水其冷也
益薪欲以卒運知藥石膏之寒者察眞陽之
常而不可失其温温太則減以參附薑桂之温
熱者不可益其温節之以不可沸不可冷也且
難經曰臍下腎間動氣者人之生命也氣者人

之根本如草木有根矣介賓之命門辨雖不曰
腎間動氣丹田之地既命門則不謂而明備難
經所謂各藏之動氣者其藏氣不調之處築築
跳動也故曰按牢若痛因之知若痛者豈命門
之動氣乎予自弱冠始入醫門以來探臍邊候
其動氣按而不牢不痛如眞陽得常則寂然而
與脉動也實火者其動有力且水中之火動者
進而無力火衰則肌表大熱其動甚弱火動者進而小
火衰者進而散或無或浮散或上于胷膈或有脉而無

動氣仍思之實似虛虛似實者及陽虛之假火孰能發之此動能救我者也脉平而死脉絶而生者既在掌故以脉有力無力知陽虛陽實且察腎間動氣可識得眞陽之衰不衰是我治法也

陽有餘者丹溪之所發揮然難滿易虧且無水無火者可依其人施治之辨

天者純陽運遷於外地者純陰凝聚於内一陽充塞者天地之常而能化生萬物眞陽有餘者

人身之所喜而順和五藏人非此火不能以有生奈之何而可以無火乎 一陽者上天所賦而人隨其形所値又各有厚薄虛實之不齊盖肥者多陽虛瘦者多陽實所禀之陽全備者無疾其病也易治不全者多疾其病也難治故其治淡陽虛者據薛氏張氏火動者據東垣丹溪此其大淡也然以陽有餘之理有難言火悉生於動者夫辛苦勞役縱欲之人因動眞火浮散而爲熱是皆陽虛之假火以八味丸料十全大補

湯或四君參附之劑而愈者多矣恨丹溪不言命門之眞火因動浮散俄然升天爲無根之焰者也 訪主靜齋主人彼知醫以火易動常好滋陰謂予曰服六味腎氣丸則必大便溏予曰勿服腎氣丸者壯水之劑而以制陽光今公之脉緩察腎間之動眞火之氣衰故脾胃虛冷得凉則必難消化敎之常以參朮薑桂之劑彼領之不日而健他日與彼語彼曰始識命門之火上蒸脾土矣惟人肖天地而不同者以有辛苦

房勞爲常故其陽浮散于上脫于下矣蓋命門之水眞氣常滿而溫人能見其水而不論其氣無氣者有水無火是以陽虛可知之無水者只火而已譬之一室有燈火光明能照於闇中是水中之陽也氣也溫也是命門之眞火則元氣也越人所謂腎間動氣東垣所謂胃氣之本張介賓所謂眞陽也火起於其中燒其室則燈火亦俱滅火與元氣不兩立者也是以陽實可知之火起於其中則可滅以水勿誤滅燈火矣地黃知柏益水之劑其性寒涼是則以水滅火也寒涼大過則眞陽衰也

客問未發之火

應之曰火未發也人無知之夫一室之燈火者命門之眞火而氣之根元也是則越人所謂腎間動氣東垣所謂胃氣之本也火起於其中者命門之火動也東垣名陰火其發在勞役嗜慾火與元氣不兩立者也東垣以人參芪補陽以生地知柏滋陰火者也譬十圍之木始生而蘗足可撅而絶乎可權而拔據其未生先其未形也其及十圍則遠望知爲其樹夫人未病而面色知秋令耳輪枯乾婦人者血涸而無憂色脉之

如有力又似無力而漸數脣閒動氣亦弱此時眞陽已虧猶如生之蘖客曰其虧如何曰面色如秋令者陽氣不滿也陽者以滿爲常萎者陽虛也故耳乾乾而後必焦婦人血涸者火之幾起于命門命門者脾土之母而眞陽之府也母氣先虧焉夫血之源生於飮食今以胃氣漸虛血不足故涸而經水斷矣雖然以壯健如常而無寒熱咳嗽俗未知之東垣獨以其溫其寒而補脾胃和陰火曰 元氣賊也乃可治於未

形也火始顯者猶蘗既長也安用參芪加生地黃知母黃柏李氏者以脾胃爲元氣之本要不損胃氣而逐陰火以其緩之則陰火自退而元氣立焉客曰丹溪所謂虛火可補參芪之屬者是乎曰是也庸醫不會此理蘗長大却以參芪之大劑而不知加生地知柏積薪救火其可不危心乎或謂陽有餘火易動常好滋陰者日月減薪而釜中滄也虛虛之禍如指諸掌矣

已發之火

火之始起也可消息於未形不然則如寸苗之蘖成參雲之大木火之始燃自至於燎原之熾矣內經曰五臟生五火就中生於腎者非實火其未發也有真陽之先欝其症男子者耳輪乾面色如秋令婦人者血涸也火之始顯也原病式曰經曰腎熱者色黑而齒槁凡色黑齒槁之人必身瘦而耳焦也庸醫不知其未發陽之先欝偏投補陰丸地黄丸其陽經日而減胃氣虛衰降多升少故不能蒸蘊脾土飲食不成肌膚

而半成痰陰火愈襲來衝於心肺故咳嗽而吐痰或而自汗盜汗日晡寒熱交作於是遽補陽則虛火得力而逆上且補陰則脾胃愈損如窮兵對強敵然大便泄溏胃氣下陷足跗浮腫不日而死余甚憫焉然未能達于其治法往者不可追來者猶可及乎哲人知幾而已

假火

時玲曰澤中之陽焰狀如火野外之鬼燐其光如炬此皆似火不火者也夫假火之發也治之

有三其一曰因飲食勞倦有上中焦之陽氣虛爲發熱自汗者參考獨參湯補中益氣湯異功散理中湯十全大補湯之數論以甘温施治温能除大熱者也未發已發之火眞假疑似之間人之死生繫焉二曰因勞役嗜慾有命門之眞火動而浮散于肌表或陽氣脱于下大熱如烙手者如誤服攻擊寒涼之劑則命門之元陽暗衰心胸動氣彈手頭汗如流眞火忽焉脱亡陽者死必矣治法參附湯八味丸十全大補湯加

熱附子或四君子湯加附桂而投之則浮散之眞陽復于丹田臍下動氣收斂假熱頓去三日水極似火者格陽症也陰極發躁微渴面赤欲坐臥於泥水井中脉來無力或脉全無欲絶者投回陽反本湯則安人不知之以假火爲實火以陰虚爲陽虚嗟生死之路頭在此差之毫釐繆以千里可不詳辨乎

客熱入胃中者以知母黃蘗之辨 降火者依丹溪

傷寒温熱病頭痛發熱口乾屢服發表解肌之

藥而日晡發熱尤甚或曰經夜重脉之數按而
無力是客邪入于腎中爲陰虛火動也以六味
丸料爲湯加知母黃蘗投之則安且發熱痰喘
不能偃臥呼吸促迫大便結脉數按而無力者
以滋陰降火湯淸離滋坎湯而頓安治數人
得効者也東垣曰客邪與主氣二火相接所以
爲熱病也倚于薛氏張氏者爲假火施以參朮
可安乎

丰文熟讀
一過矣

徵答

丰文

足下之所論淺當秘理多效先哲之論自馬州
至于江戶論理治療之業醫者多違古人之恣
今日正知足下之高明矣所論命門之說天非
此火不能生萬物人非此火不能生五運內經
云壯火食氣氣食少火少火生氣以此可知命
門衰則元陽虛古人八味丸有附子者益火之
源以銷陰翳也陰虛之証少加黃栢知母可也
陽虛何用寒涼之劑乎仙醫之道詳審陰陽則
庶可登東垣之門矣傷寒日晡潮熱之說熱在

血分小柴胡湯合四物湯則其効如神曾見如斯未知是否

啓　春圃

公不辭旅憊辱垂尊諭感謝感謝仍供酒肴傾倒一樽暫將連榻則多幸

復　斗文

萬里役行之客晨出夕返困倦之餘到處論理問病之人幾千百乎是故精神困憊如此拙筆略示端倪幸高明諒恕焉

上卷終

桑韓醫談卷下

啓　　春圃

雖附治法於論末恐倦看仍拔去之然是亦袖來尊公有意許之否伏冀阮眼爲一青而下金言一句尊教以生死之要何賜加之僕依有嗜醫癖不恐吐露方寸是蘊雖不知有甕外之天耳

治法

脾胃

內經曰五藏者皆稟氣於胃胃者五藏之本也又曰眞氣者所受於天與穀氣并而充身也是以東垣老人補腎補脾之格言出焉龔氏曰人之有生不善攝養房勞過度眞陽衰憊坎火不溫不能上蒸脾土沖和失布中州不運是致飮食不進胸膈痞塞不食而脹滿或已食而不消大腑泄瀉此皆眞火衰弱不能蒸蘊脾土而然古云補腎不若補脾謂補脾不若補腎腎氣若壯丹田之火上蒸脾土脾土溫和中焦自治則

能進食矣治法以八味丸料加參朮予因茲有所得者腎間動氣也知此動則熱者淸之實者瀉之虛者和之補之且有可緩者有可急者一人年五十因脾胃虛憊患腫脹診脉緩而無力一醫曰胃氣一虛則十二官職失其所故傳送失常腫脹起與補中益氣湯異功散數月無効經半年而死噫迂緩哉以東垣之金玉爲土塊也隱微之時常用益氣異功節飮食絕嗜慾而攝養之則可必治之緩則妄加此其症已發脉緩而腹脹苦

問非濕補眞火則脾胃何因治乎又一人年五十患腫脹周歲 五月下浣行而麻之緩弱而腹脹一身腫大腹皮欲裂大便自利不能手服藥傍人以匙與之死在旦夕 以爲丹田之眞火衰微也以人參附子各一錢半白朮肉桂各一錢乾薑七分爲劑與之十五日大便調而小便不通强用之十五日小水如湧仲秋漸步初冬全安是以可參考焉又有陽虛陰火者宜據東垣而施治陽實者其治法在未發火之辨

補陽

一人年五十五勞役而感風寒服清熱解散之劑而後日日虛憊發熱自汗大便泄瀉足跗浮腫到危脉之緩按而無力心下空虛臍下之動虛微是命門之火衰而脾土虛寒也爲發熱者腎經虛火遊行於外也急可補陽以人參二錢附子一錢半爲一貼兼四君子湯加附桂爲大劑與之數貼而安張氏曰人是小乾坤得陽則生失陽則死以爲夫心者神明之舍君主

之官氣者聽其命而行其氣之化源在腎間之眞陽而爲生命之根者也元陽子曰大道無名非氣不足以長養萬物由是氣化則物生氣變則物易氣甚卽物壯氣弱卽物衰氣正卽物和氣亂卽物病氣絶卽物死所謂氣者陽也一陽含于形而爲生一陽滿而得常一陽太而失生内經曰凡陰陽之要陽密乃固此言陰之所恃者惟陽爲主也孤陽不生獨陰不成故君主失令死生之機在陽之過不及乎

脉絶而生脉平而死

一人年三十夏月患熱治療更醫無効二十旬後脉如有如無手足厥冷口不語目不見耳無聞身不能動爲生爲死　察臍間動氣猶有呼吸亦似有根而不迫於胸膈仍投以參附各十錢進飲盡能轉身始求食手足温和元陽復臍下脉來五動與附子理中湯數劑而安非有臍間動氣不絶者可生之理乎

一人年三十五霍亂吐瀉手足微冷脉虚微與

參附湯附子理中湯數貼無効脉絶而冷汗如流兩手氷冷至肘且嘔而吐藥死在須臾以爲雖無脉爲嘔吐者有升氣也知陽未絶猶潜心候之有胃間動氣之在聲音亦有根知是實似虚與之以梹榔一錢而吐頓止手足温暖冷汗止而脉見連進三錢思食以不換金正氣散調和而安非有脉絶而生者乎

一人年五十八吐瀉之後不食腹漸脹一塊横心上不時有嘔吐一醫爲傷食或爲疝氣治之

無効脉五動稍弱膂間動氣全無 以爲命門眞火衰微而脾土虛寒食積不行也經曰壯者氣行則愈怯者著而成病也素無陽氣之可行故著何以消食順氣劑而行乎不以參附薑桂宿砂之屬則無可治之理藥氣勝之則可治不能勝之却愈爲嘔吐者不可治强與之三四貼嘔吐猶不已 知其死仍辭太公經三十日而告終是脉平而死之證乎

實似虛者或瀉之或和之

一婦年二十五平素虛人而有火之幾太歲與
八物湯而安仲夏患霍亂吐瀉脉之如有如無
吐後轉筋甚手足厥冷是暑熱爍經絡也以四
物湯加生地黃佐肉桂而與之一貼轉筋頓止
手足得微溫而有惡心脉猶前雖後白苔多甚
疲甚危一醫脉之曰不可治若以人參劑則有
可生之理乎擧家聞之驚哭遽爾與人參劑却
吐甚殆欲絶故又招予以爲先用四物湯之
間有惡心雖轉筋安知是停食不盡然一醫以

脉如有如無與人參劑補住而益吐今雖脉弱吐而衝心者陽之動也且心下按而爲痛臍下動氣猶有力乃取症不可取脉也與之以不換金正氣散加茯苓一貼一貼吐止二貼思食脉漸連續七貼而起床以八物湯調理而安虛中有實者先和而後補之或先補而後和之虛實疑似之間活殺在此乎

一人年三十患熱經日不解三更醫無効耳聾舌焦黑不語其形甚疲而不能手服藥身不能

動以獨參湯而俟斃隣人恐其父母之悔而招予行而脉之兩尺虛微而猶有撥心下則只纖面貌難堪予知實似虛急與調胃承氣湯一貼出舌求藥二貼而能言三貼而思食後調理而安

未發之火

一人年四十十月面色憂怠惰嗜臥微帶咳嗽然人未病只飲食不知味而已脉之數撥而無力腎間動氣如有似無予驚而治之以四君子

湯加當歸宿砂或肉桂助元陽之虛兼以六味
腎氣丸加參朮一補元陽一補眞陰而制陽實
每日如此服之如彈天平一般不可偏勝若偏
於補陽藥多則陽旺陰消而壯火愈動若偏於
補陰藥多則陽氣減而懶動作彼亦知此理服
藥無怠至次年三月始安

假火

一人年四十患大頭痛二旬不已發熱眼赤頭
汗足冷使三人抱頭而猶難堪脉之緩沈診全

無其腹好按臍下動氣亦微以爲難經曰持脉按之至骨擧指來疾者腎部也今沈診至骨擧指全無者命門眞火衰急以八味丸料爲湯加人參倍附桂進之二貼頭痛如忘二十貼而安

一婦年二十五九月產而後口舌爲瘡大便溏或下血至于春不瘥補氣補血清熱之劑俱不效諸醫技究羸瘦臥床綿延而至于五月以補中益氣湯而手足浮腫發熱譫言脉數而擊口

舌愈痛或以人參白朮散絕食五日欲尿而動
身脅悶若死暫而甦其顏色蒼々帶黃一身浮
腫胷中動氣彈手臍下之動全無先哲曰只舌
爲痛飲食不思大便不實者中氣虛寒又曰只
舌生瘡食少便滑面黃肢冷者火衰土虛也因
嗞思茲素虛冷之婦數月得寒涼而命門眞火
衰微不能蒸熱蘊脾土也急以參附湯又投以附
子理中湯八味丸加人參白朮進之五貼脉漸
收假熱悉去譫言亦止臍下動氣稍見攝養三十

十日而安

陰陽如權衡人病則欲使陰陽如權
衡常則欲眞陽有餘也

一人年三十五患熱病發熱耳鳴口乾舌燥焦
睡後譫語惡心嘔吐一醫與淸熱化痰之劑則
吐之尋知平素有痰火以六味丸料加知母黃
蘗與之二三次吐頓止而後日晡發熱口舌乾脉
虛數而不食猶知虛中有火與淸離滋坎湯熱
退則心神不寧寤而不寐元氣稍弱乃以異功
散助陽氣屢與之則陰火襲來又與滋坎或六

味先料火勢緩則以異功散四君子湯加麥門
五味子二一補陽一降火如此施治五六日客火
稍衰而太後與異功散調理而安是以知陰陽
不可偏勝矣客問曰客火脉虛數無力其治法
如有所得然已發之火何不以降火滋坎乎曰
客何不思之甚也已發之火其未發眞陽先衰
故胃氣弱今患客熱者胃氣未虛故以寒凉而
安雖然不可失釜中之温過用寒凉則冷而死
好生之客幸毋輕視

火極似水

一童仲夏患熱十三日不解一醫用和解劑或黄連解毒湯不効又更醫以其脉無力與加味益氣湯熱愈甚於是招脉之五動緩授而弱時又卯數譫言耳聾口舌俱焦黑小便赤澁大便三日不通四肢厥冷未曉虚實先以參朮與之一貼脉之愈弱四肢倍厥冷心胷苦悶難如何仍知陽症似陰按心下而問痛不痛不答而只有皺面難忍之色且臍下動氣有力愈曉

實熱急以防風通聖散與之一貼手足稍溫三貼而思食連進數貼熱減半以竹茹溫膽湯調理而安

斗文熱讀一過矣

敬答　斗文

所論治病用藥無違於古人之活套法可謂東海之天民也

又

防風通聖散風熱燥三者之總劑傷寒如此之症用之必効可謂高矣

啓　春圃

僕

謏蒙褒奬嗚呼坎蛙之見安敢當安敢當還

慙愧明公忘長途之疲勞於仁術幸垂憐察而

告底蘊其恩高於山深於海感激無已只恐

懷厚養不問厭困俯願宥恕恨歸輯在明日此

會忽忽無盡懷鷄聲頻報今茲辭太明朝來可

拜謝耳

二月之朝訪旅窓

謹啓　春圃

昨夜不恐賢勞到于雞鳴高敎多端何時忘鴻慈乎噫嘻海雲萬里後會難期臨楮惘然不知所裁只願高軒平安入于三韓矣

復　　斗文

昨夜偶逢比論迨今不忘行期甚忙正所謂萍水相逢之事握手不忍別嗚咽不成語連日好存此外更無他言

金衣者牛黃淸心丸

長者紫金錠

圓者薄荷煎

爲相別之衷

謹啓

臨別辱賜良藥三種感佩實深謹呈小白紙千

葉聊陳別意物雖些甚幸冀笑納

春圃

桑韓醫談 畢

附錄

伯仲叔曰太歲家君以醫論治法呈于奇斗文今讀之其所論撮自得之要故有難曉者眞陽之氣比以釜中之溫湯其旨趣詳垂示教

答曰人是小天地孤陽不生獨陰不成知陰陽之過不及則其治法何誤焉上天賦人以一陽故眞陽之氣滿于血中而陰陽和平也蓋人之腹內不溫則不得常溫中生熱則爲之病也用

寒涼之藥而太過其熱熱太過而要復于常之温腹内冷則用温熱之藥而要復于常之温不可有過不及也熱者壯火之氣温者少火之氣也故譬之以釜中之温湯少火之源寓于命門而為腎間動氣者也別以燈火之譬者告其衰不衰而已

問少壯火之説以藥氣之温熱論之今所示教新以命門説之未知有所據乎

答曰少壯火之説王太僕曰離氏承氣味而言人

之陽氣壯少火亦然脾胃論曰經曰熱傷氣又曰
壯火食氣故脾胃虛而火勝則必少氣不能衛
護皮毛通貫上焦之氣而短少也天民曰天非
此火不能生物人非此火不能有生其不可無
也此非少火生氣之意乎又曰火與元氣不兩
立一勝則一負言其不可亢也又非壯火散氣
之謂乎且龔氏曰少火則少火也因于此語
本於張介賓命門之說探腎間動氣而告衰不
衰者也少火者一陽之温者而其源在命門壯

火者病而所生之火也（内經所謂五藏生五火是壯火也今獨云腎中者以食元氣也）依丹溪介賓而偏有不取其意何者丹溪說火動而不言命門之元氣介賓詳說命門之眞陽眞陰而不言火動也乎治療之間壯火者依丹溪火衰者依介賓而說以少壯火者也

問以燈火比于元氣請詳示之

答曰內經曰少火難經曰腎間動氣是人身之一陽先天之與我者也其根蔕寓于命門而爲水中之温曰眞火胃氣元陽眞陽皆一也人

得常則少火生氣能爲視聽言動飮食得之而
能消化矣我所以譬眞火於燈火者以陰中不
可無也夫腎病而生火則似少火爲壯火壯火
食氣故云燈火亦俱滅矣

問少火變爲壯火今所示教少火者元氣比
之燈火然則元氣變而爲壯火耶天民曰
陽虛者心經之元陽虛也其病多惡寒責無
火治法以補氣藥中加烏附等藥甚者三建
湯正陽散之類曰陰虛者腎經之眞陰虛也

其病多壯熱責其無水治法以補血藥中加
知母黃栢等藥或大補陰丸滋陰大補丸之
類王注曰益火之源以消陰翳壯水之主以
制陽光也其意盡焉今示教之以命門指元
氣而不說心且云無水者勿誤滅眞火也嗚
呼迂哉乞聞其詳
答曰宜哉問我亦疑之數歲然今以先哲之格
言臨病施治而有所自得粗述其故夫少火變
爲壯火之理非眞火變而爲壯火固眞陽所寓之

地生火而爲壯則傷元氣也所論天民之語潛
思之有未盡其源也後人不分心腎一依于命
門也以六味腎氣丸制陽光用八味丸益火之
源且加人參則少火能旺眞陽充塞而能生氣
脾土調和焉我親治之而有効者也初學謂元
氣元陽主心故以知栢制腎中之壯火熱速退
則心得常而元氣立焉是但知眞氣在上者而
不知在下者也能知醫之人亦要以知栢制壯
火而不可損脾胃是世間之大法也是亦知眞

氣生於水穀而在中未及于下焦也眞氣之下者氣化於精藏于命門以爲三焦之根本者也腎間動氣在焉不見乎精氣神藏于心腎張介賓云元氣元精寓于命門元神舍于心也少火絶則神亦去焉眞火者元氣陰火者腎病而所生之火也介賓云腎熱骨蒸者以地骨皮者也陰火加于眞火則元氣在陰火之中是所以火與元氣不兩立也故云以知栢勿滅燈火矣

問燈火之說得聞之然未能無疑故再乞示教夫命門之火動者如燈火熾盛而其油盡

其治法增油則光焰自滅此非必然之理哉

答曰二子之心一如此我亦中年之意如爾筆而已夫壯火者所動之火也少火者人身之常而爲水中之温爲元氣世人只知壯火之爲燈火而不知少火之爲燈火卒增油則燈火忽然而滅矣故治法有一補陰一補陽使陰陽如權衡也

又問東垣曰以脾胃爲主以胃氣爲元氣之源火與元氣不兩立且元氣之賊又曰人參

黄芪益元氣而瀉火邪丹溪曰虚火可補參芪之屬也 僕等 以養正邪自除之理火動者強投參芪之大劑而無有功假火大熱者投參芪熱速退然則東垣之語指假火言之乎其治法示之

答曰東垣以胃氣爲元氣之本曰補腎不如補脾矣胃氣者何也爲人身之温温生氣氣爲視聽言動温消化飲食其源在命門而爲腎間動氣龔氏曉之曰火心則少火也復曰命門衰則

坎火不溫不能上蒸脾土也許學士曰補脾不如補腎冀氏葢因之以參附姜桂熟地之屬補坎火則脾胃能消化腎水生焉矣坎火則腎間動氣也人病脉如有如無不能視聽言動者動氣絶則神去而死也未絶而微如縷欲神脫者得參附而動氣見則脉稍連續神復蘇身初知人始言語我以是曉胃氣之本爲命門之元陽也能知之則陰火假火判然也昔人之語如合符契王太僕壯水之主益火之源許學士補脾

不知補腎東垣補胃氣逐陰火龔氏一補陰一
補陽使陰陽知權衡也以是可知之且火與元
氣不兩立之決有下元陰火蒸々然者加生地
黄蘗之語非言假火也丹溪之明何可惑于假
火耶然後學者不辨眞假以陽虛陰火者誤投
參芪大劑而託丹溪之語不暁東垣之底蘊故
我言未發火之辨者也夫火之發也有緩急緩
者以參芪當歸甘草兼服腎氣丸之類則間得
愈火稍盛而元氣虛者一補陰一補陽不可損

胃氣而治之多難治雖有大熱假火者以參附
姜桂則愈詳察之可施治矣
問今代之醫多高漢唐而不問宋元取明龔
氏之書曰語拙矣今示教之有龔氏之語其
故如何
答曰夫醫者始于素難自宗仲景以來經河間
東垣丹溪而其道明備也後世得之而補其不
足也今世雖因于四子之說閱元明之方書而
得其道漫好高說而耀技衒俗耳龔氏之書雖

旨其文拙何可及之乎廷賢者惟詳于治療也知少火在命門蒸蘊臍上旦說脅間動氣陰虛火動者要一補陰一補陽令陰陽如權衡不偏補偏瀉而能曉虛實者也嗚呼高說而卑龔氏者有不知其蘊奥偏見之癖之所以也

問然則高龔氏乎否

答曰不然夫察虛實之要也以真陽之氣見于面者識神色能聞能問詳脉而正心下之虛實且探脅間動氣識得之自軒岐以來歷代之名

醫察死生之要不可過之能識之則有漢唐卑

而今代高者乎何專依龔氏只可取哲人所得

耳

問時珍取王氷之語說陰火陽火曰陰火者

得濕愈焰遇水益熾以水折之則光焰詣天

今世之醫因此語見陰火則有以參附大劑

者此理如何

答曰妄哉惑于王氷之語耶夫有陰火有假火

俗不知分二物偶有假火者而投參附光焰頓

退則以爲此理適中也復見陰火曰龍火之熾盛以火逐之則燔灼自消焰火共滅也卒投參附姜桂之温熱不日而死何爲其愚哉前人謂俚俗醫師不由經論直授藥方以之療病非不或中至於遇病輙應懸斷死生則與知經學古者不可同日語矣豈不眞乎東垣治法曰兩丸冷前陰痿弱陰汗如水小便後有餘滴尻臀并前陰冷惡寒而喜熱膝下亦冷者固眞湯之中以龍膽草澤瀉知柏之寒冷又曰婦人經水不

亡如右尺脉按之空虛是氣血俱脫大寒之證
輕手其脉數疾舉指弦緊或澁皆陽脫之證陰
火亦亡見熱證於口鼻眼或渴此皆陰躁陽欲
先亡也此法當大升浮血氣切補命門之下脫
也升陽舉經湯人參黃芪肉桂附子熟地之太
温為主佐以升浮之藥我以是常歎息嗚呼庸
醫說東垣者只知補中益氣湯恐飮食勞倦傷
脾胃而不知所以胃氣之見傷所施平和之劑
而不至于補瀉温凉之偏處是不求其本之故

也李氏之明持脉如此其溫可及也其寒不可及也今人何得知之乎予常見富貴之人就暖喜補恐寒惡瀉醫亦隨俗徇婦見虛則不分論陰火假火偏投人參陰火得補陽獨旺不知使陰陽如權衡惟恐參附不及也孤陽不長而死雖死不曉其理也彼常高漢唐昇元明之醫及此時遽爾曰虛證不受補者不治也噫嘻不顧之甚哉

問 僕聞無胃氣者雖參附不能造化故死是

虛證不受補者不治之說也然別有所見哉
答曰詳哉問乎亦以治法言之夫醫之察死生
也不可不蹈霜知堅氷古云無胃氣者死矣不
能克化藥者多疾之末者也未有說其末不言
其始者也請我言其始所以知不受補者診脉
察心下虛實揣腎間動氣詳于治法而後可無
疑耳斷死生之工夫不可容易也乎所潛心者
不過之一婦年三十經斷五箇月壯健如常而
神色稍悪聲微嗄乎季春之間診脉虛而漸數

腎間動氣進而小也是陰陽虛而有火其法可
一補陰一補陽而治之故予以參朮之屬則面
赤而耳鳴以熟地麥門五味之屬則停滯于胸
膈予以爲此婦必到秋臥床是虛證不受補者
也治療十日說其所於親屬而辭去到于九月
告終又酒色過度之男年踰三十冬間患腰痛
以予全大補湯稍安然未全孟春臥牀午前陰
囊氷冷午後面赤發熱到夜汗出而解日日如
此數更醫八物湯大補湯補中益氣歸脾四君

六君等無効或以腎氣丸料則減食故不強用之數月臥牀而自若予仲夏診脉虛數是亦陰陽倶虛而有火予顧之倍加參附必可加熱雖然如假火則有可生之理仍投以四君子湯加當歸附子倍人參不經數劑而火壯故減人參與八物湯腎氣丸料則停滯于心下是亦虛證不受補者也辭去之後到秋久矣且胃氣下陷足跗浮腫者可以補陽治之然投參附不効者死證也命門之少火衰胃氣之源絶也此證有可治有不可治

得溼補陽氣行則足跗浮腫悉去而愈不愈者有陰火而眞火亦衰陰火不受參附故決而死矣人有氣有血有痰有食有蟲有積有惡氣者有客熱有主熱陽虛而有火見其虛而補之則停滯于胸膈仍瀉之則疲旦有虛實兼見者一補一瀉一和之間可察眞火之衰不衰又蟲積之類有如其虛極而不受補者和之而間得效如此者取證不可取脉也望察神色按心下虛實而可決死生也我雖無良師之導銘心鏤

骨以先賢之金言臨病以其適理者略備醫論治法有其妙難以口舌伸者嗚呼兒曹勉旃

桑韓醫談附録 畢

吾黨春圃以眼病施治投古人之確論所爲自得質諸朝鮮國醫官奇斗文有編爲一書附錄與三子討論者需予冀跋不知醫則不能以一辭賛其云筆其事實於卷末云尓

正德壬辰初秋之望

岡行義

正德三年癸巳孟春吉日

皇都書肆　萬屋喜兵衛板行

【영인자료】

尾陽唱和錄
桑韓醫談

여기서부터 영인본을 인쇄한 부분입니다. 이 부분부터 보시기 바랍니다.

조선후기 통신사 필담창화집 번역총서를 간행하면서

20세기 초까지 한자(漢字)는 동아시아 사회의 공동문자였다. 국경의 벽이 높아서 사신 외에는 국제적인 교류가 불가능했지만, 문자를 통한 교류는 활발했다. 중국에서 간행된 한문 전적이 이천년 동안 계속 한국과 일본을 비롯한 주변 나라에 전파되었으며, 사신의 수행원들은 상대방 나라의 말을 못해도 상대방 문인들에게 한시(漢詩)를 창화(唱和)하여 감정을 전달하거나 필담(筆談)을 하며 의사를 소통했다.

동아시아 삼국이 얽혀 싸웠던 임진왜란이 7년 만에 끝난 뒤, 조선에 군대를 파견하였던 중국과 일본은 각기 왕조와 정권이 바뀌었다. 중국에는 이민족인 청나라가 건국되고 일본에는 도쿠가와 막부가 세워졌다. 조선과 일본은 강화회담이 결실을 맺어 포로도 쇄환하고 장군이 계승할 때마다 통신사를 파견하여 외교를 회복했지만, 청나라와에도 막부는 끝내 외교를 회복하지 못하고 단절상태가 계속되었다. 일본은 조선을 통해서 대륙문화를 받아들일 수밖에 없었고, 그 방법 중 하나가 바로 통신사를 초청할 때 시인, 화가, 의원 등의 각 분야 전문가를 초청하는 것이었다.

오백 명 규모의 문화사절단 통신사

연암 박지원은 천재시인 이언진(李彦瑱, 1740~1766)이 11차 통신사 수행원으로 일본에 다녀온 지 2년 만에 세상을 뜨자, 이를 애석히 여겨 「우상전」을 지었다. 그 첫머리에 일본이 조선에 다양한 전문가들로 구성된 문화사절단을 파견해 달라고 요청한 사연이 실려 있다.

> 일본의 관백(關白)이 새로 정권을 잡자, 그는 저축을 늘리고 건물을 수리했으며, 선박을 손질하고 속국의 각 섬들에서 기재(奇才)·검객(劍客)·궤기(詭技)·음교(淫巧)·서화(書畵)·여러 분야의 인물들을 샅샅이 긁어내어, 서울로 모아들여 훈련시키고 계획을 갖추었다. 그런 지 몇 달 뒤에야 우리나라에 사신을 파견해 달라고 요청하였는데, 마치 상국(上國)의 조명(詔命)을 기다리는 것처럼 공손하였다.
>
> 그러자 우리 조정에서는 문신 가운데 3품 이하를 골라 뽑아서 삼사(三使)를 갖추어 보냈다. 이들을 수행하는 사람들도 모두 말 잘하고 많이 아는 자들이었다. 천문·지리·산수·점술·의술·관상·무력으로부터 퉁소 잘 부는 사람, 술 잘 마시는 사람, 장기나 바둑 잘 두는 사람, 말을 잘 타거나 활을 잘 쏘는 사람에 이르기까지, 한 가지 기술로 나라 안에서 이름난 사람들은 모두 함께 따라가게 되었다. 그런데 이들 가운데서도 문장과 서화를 가장 중요하게 여기지 않을 수가 없었다. 왜냐하면 그들은 조선 사람의 작품 가운데 한 글자만 얻어도 양식을 싸지 않고 천리 길을 갈 수 있기 때문이었다.

도쿠가와 이에하루(德川家治)가 쇼군을 계승하자 일본 각 분야의 대표적인 인물들을 에도로 불러들여 조선 사절단 맞을 준비를 시킨 뒤, "마치 상국의 조서를 기다리는 것처럼 공손하게" 조선에 통신사를 요청하였다. 중국과 공식적인 외교가 단절되었으므로, 대륙문화를 받아들이기 위해 조선을 상국같이 모신 것이다. 사무라이 국가 일본에는 과거제도가 없기 때문에 한문학을 직업삼아 평생 파고든 지식인들이 적어서, 일본인들은 조선 문인의 문장과 서화를 보물같이 여겼다.

조선에서도 국위를 선양하기 위해 여러 분야의 문화 전문가들을 선발하여 파견했는데, 『계림창화집(鷄林唱和集)』이 출판된 8차 통신사(1711년) 때에는 500명을 파견했다. 당시 쓰시마에서 에도까지 왕복하는 동안 일본인들이 숙소마다 찾아와 필담을 나누거나 한시를 주고받았는데, 필담집이나 창화집은 곧바로 출판되어 널리 읽혔다. 필담 창화에 참여한 일본 지식인은 대륙의 새로운 지식을 얻었을 뿐만 아니라, 일본 사회에서 전문가로서의 위상도 획득하였다.

8차 통신사 때에 출판된 필담 창화집은 현재 9종이 확인되었으며, 필담 창화에 참여한 일본 문인은 250여 명이나 된다. 이는 7차까지 출판된 필담 창화집을 모두 합한 것보다 훨씬 많은 수인데, 통신사 파견이 100년 가까이 되자 일본에서도 한문학 지식인 계층이 두터워졌음을 알 수 있다. 8차 통신사에 참여한 일행 가운데 2명은 기행문을 남겼는데, 부사 임수간(任守幹)이 기록한 『동사록(東槎錄)』이나 역관 김현문(金顯門)이 기록한 또 하나의 『동사록』이 조선에 돌아와 남에게 보여주기 위해 일방적으로 쓴 글이라면, 필담 창화집은 일본에서 조선과 일본의 지식인들이 마주앉아 함께 기록한 글이다. 그러기에 타인의 눈을 통해 자신의 모습을 객관적으로 볼 수 있다.

16권 16책의 방대한 분량으로 다양한 주제를 정리한 『계림창화집』

에도막부 초기의 일본 지식인은 주로 승려였기에, 당연히 승려들이 통신사를 접대하고, 필담에 참여하였다. 그 다음으로 유자(儒者)들이 있었는데, 로널드 토비는 이들을 조선의 유학자와 비교해 "일본의 유학자는 국가에 이용가치를 인정받은 일종의 전문 지식인에 지나지 않았다"고 규정하였다. 그 가운데 상당수는 의원이었으므로 흔히 유의(儒醫)라고 하는데, 한문으로 된 의서를 읽다보니 유학에도 관심을 가지게 된 것이다. 이노 작스이(稻生若水)가 물고기 한 마리를 가지고 제술관 이현과 서기 홍순연 일행을 찾아가서 필담을 나눈 기록이 『계림창화집』 권5에 실려 있다.

> 이 현 : 이 물고기는 우리나라의 송어입니다. 조령의 동남 지방에 많이 있어, 아주 귀하지는 않습니다.
>
> 홍순연 : 이 물고기는 우리나라의 농어와 매우 닮았습니다. 귀국에도 농어가 있는지 모르겠지만, 이것과 같지 않습니까? 농어가 아니라면 내가 아는 물고기가 아닙니다.
>
> 남성중 : 이 물고기는 우리나라 송어입니다. 연어와 성질이 같으나 몸집이 작으며, 우리나라 동해에서 납니다. 7~8월 사이에 바다에서 떼를 지어 강으로 올라가는데, 몸이 바위에 갈려 비늘이 다 떨어져 나가 죽기까지 하니 그 성질을 모르겠습니다.

그는 일본산 물고기의 습성을 자세히 설명하고 조선에도 있는지 물었지만, 조선 문인들은 이 방면의 전문가들이 아니어서 이름 정도나

추정했을 뿐이다. 홍순연은 농어라고 엉뚱하게 대답하기까지 하였다. 조선 문인이라면 모든 것을 알 수 있을 것이라고 기대했기에 생긴 결과인데, 아직 의학필담으로 분화되기 이전의 형태다. 이 필담 말미에 이노 작스이는 이런 기록을 덧붙여 마무리했다.

> 『동의보감』을 살펴보니 “송어는 성질이 태평하고 맛이 달며 독이 없다. 맛이 진기하고 살지다. 색은 붉으면서 선명하다. 소나무 마디 같아서 이름이 송어이다. 동북쪽 바다에서 난다”고 하였다. 지금 남성중의 대답에 『동의보감』의 설명을 참고하니, ‘鮏’은 송어와 같은 것이다. 그러나 ‘송어’라는 이름은 조선의 방언이지, 중화에서 부르는 이름이 아니다. 『팔민통지(八閩通志)』(줄임) 『해징현지(海澄縣志)』 등의 책에 모두 송어가 실려 있으나, 모습이 이것과 매우 다르다. 다른 종류인데, 이름이 같을 뿐이다.

기록에서 보듯, 이노 작스이는 다수의 의견에 따라 이 물고기를 ‘송어’라고 추정한 후, 비교적 자세한 남성중의 대답과 『동의보감』의 기록을 비교하여 ‘송어’로 결론 내렸다. 그런 뒤에 조선의 ‘송어’가 중국의 송어와 같은 것인지 확인하기 위해 중국의 여러 지방지를 조사한 후, ‘송어’는 정확한 명칭이 아니라 그저 조선의 방언인 것으로 결론지었다. 양의(良醫) 기두문(奇斗文)에게는 약초를 가지고 가서 필담을 시도하였다.

> 稻生若水 : 이 나뭇잎은 세 개의 뾰족한 끝이 있고 겨울에 시들지 않으며, 봄에 가느다란 꽃이 핍니다. 열매의 크기는 대두만하고, 모여서 둥글게 공처럼 되며, 생길 때는 파랗고, 익으면 자흑색이 됩니다. 나무

에 진액이 있어 엉기면 향이 나고, 색이 붉습니다. 이름은 선인장 나무입니다. (줄임)

기두문 : 이것이 진짜 백부자(白附子)입니다.

제술관이나 서기들이 경험에 의존해 대답한 것과 달리, 기두문은 의원이었으므로 자신의 지식을 바탕으로 확실하게 대답하였다. 구지현박사의 연구에 의하면 이노 작스이는 『서물류찬(庶物類纂)』이라는 박물지를 편찬하기 위해 방대한 자료를 수집·고증하고 있었는데, 문화 선진국 조선의 문인에게 서문을 부탁하여, 제술관 이현이 써 주었다. 1,054권이나 되는 일본 최대의 백과사전에 조선 문인이 서문을 써 주어 권위를 얻게 된 것이다.

출판사 주인이 상업적인 출판을 위해 직접 필담에 참여하다

초기의 필담 창화집은 일본의 시인, 유학자, 의원 등 전문 지식인이 번주(藩主)의 명령이나 자신의 정보욕, 명예욕에 따라 필담에 나선 결과물이지만, 『계림창화집』 16권 16책은 출판사 주인이 직접 전국 각 지역에서 발생한 필담 창화 원고들을 수집하여 출판한 것이다. 따라서 필담 창화 인원도 수십 명에 이르며, 많은 자본을 들여서 출판하였다. 막부(幕府)의 어용 서적을 공급하던 게이분칸(奎文館) 주인 세오겐베이(瀨尾源兵衛, 1691~1728)가 21세 청년의 몸으로 교토지역 필담에 참여해 『계림창화집』 권6을 편집하고, 다른 지역의 필담 창화 원고까지 모두 수집해 16권 16책을 출판했을 뿐 아니라, 여기에 빠진 원고들까지 수집해 『칠가창화집(七家唱和集)』 10권 10책을 출판하였다.

『칠가창화집』은 『계림창화속집』이라고도 불렸는데, 7차 사행 때의 최대 필담 창화집인 『화한창수집(和韓唱酬集)』 4권 7책의 갑절 규모에 해당한다. 규모가 이러하니 자본 또한 막대하게 소요되어, 고쇼모노도코로(御書物所)인 이즈모지 이즈미노조(出雲寺 和泉掾) 쇼하쿠도(松栢堂)와 공동 투자하여 출판하였다. 게이분칸(奎文館)에서는 9차 사행 때에도 『상한창화훈지집(桑韓唱和塤箎集)』 11권 11책을 출판하여, 세오겐베이(瀨尾源兵衛)는 29세에 이미 대표적인 출판업자로 자리매김하게 되었다. 그러나 안타깝게도 38세에 세상을 떠나, 더 이상의 거질 필담창화집은 간행되지 못했다.

필담창화집 178책을 수집하여 원문을 입력하고 번역한 결과물

나는 조선시대 한문학 연구가 조선 국경 안의 한문학만이 아니라 국경 너머를 오가며 외국인들과 주고받은 한자 기록물까지 연구해야 한다는 생각으로, 첫 번째 박사논문을 지도하면서 '통신사 필담창화집'을 과제로 주었다. 구지현 선생은 1763년에 파견된 11차 통신사 구성원들이 기록한 사행록 9종과 필담창화집 30종을 수집하여 분석했는데, 박사학위를 받은 뒤에도 필담창화집을 계속 수집하여 2008년 한국학술진흥재단의 토대연구에 『조선후기 통신사 필담창수집의 수집, 번역 및 데이터베이스 구축』이라는 과제를 신청하였다. 이 과제를 진행하면서 우리 팀에서 수집한 필담창화집 178책의 목록과, 우리가 예상한 작업진도 및 번역 분량은 다음과 같다.

1) 1차년도(2008. 7.~2009. 6.) : 1607년(1차 사행)에서 1711년(8차 사행)까지

연번	필담창화집 책 제목	면 수	1면 당 행수	1행 당 글자 수	예상되는 원문 글자 수
001	朝鮮筆談集	44	8	15	5,280
002	朝鮮三官使酬和	24	23	9	4,968
003	和韓唱酬集首	74	10	14	10,360
004	和韓唱酬集一	152	10	14	21,280
005	和韓唱酬集二	130	10	14	18,200
006	和韓唱酬集三	90	10	14	12,600
007	和韓唱酬集四	53	10	14	7,420
008	和韓唱酬集(결본)				
009	韓使手口錄	94	10	21	19,740
010	朝鮮人筆談幷贈答詩(國圖本)	24	10	19	4,560
011	朝鮮人筆談幷贈答詩(東京都立本)	78	10	18	14,040
012	任處士筆語	55	10	19	10,450
013	水戶公朝鮮人贈答集	65	9	20	11,700
014	西山遺事附朝鮮使書簡	48	9	16	6,912
015	木下順菴稿	59	7	10	4,130
016	鷄林唱和集1	96	9	18	15,552
017	鷄林唱和集2	102	9	18	16,524
018	鷄林唱和集3	128	9	18	20,736
019	鷄林唱和集4	122	9	18	19,764
020	鷄林唱和集5	110	9	18	17,820
021	鷄林唱和集6	115	9	18	18,630
022	鷄林唱和集7	104	9	18	16,848
023	鷄林唱和集8	129	9	18	20,898
024	觀樂筆談	49	9	16	7,056
025	廣陵問槎錄上	72	7	20	10,080
026	廣陵問槎錄下	64	7	19	8,512
027	問槎二種上	84	7	19	11,172

028	問槎二種中	50	7	19	6,650
029	問槎二種下	73	7	19	9,709
030	尾陽倡和錄	50	8	14	5,600
031	槎客通筒集	140	10	17	23,800
032	桑韓醫談	88	9	18	14,256
033	辛卯唱酬詩	26	7	11	2,002
034	辛卯韓客贈答	118	8	16	15,104
035	辛卯和韓唱酬	70	10	20	14,000
036	兩東唱和錄上	56	10	20	11,200
037	兩東唱和錄下	60	10	20	12,000
038	兩東唱和後錄	42	10	20	8,400
039	正德韓槎諭禮	16	10	18	2,880
040	朝鮮客館詩文稿(내용 중복)	0	0	0	0
041	坐間筆語附江關筆談	44	10	20	8,800
042	七家唱和集－班荊集	74	9	18	11,988
043	七家唱和集－正德和韓集	89	9	18	14,418
044	七家唱和集－支機閒談	74	9	18	11,988
045	七家唱和集－朝鮮客館詩文稿	48	9	18	7,776
046	七家唱和集－桑韓唱酬集	20	9	18	3,240
047	七家唱和集－桑韓唱和集	54	9	18	8,748
048	七家唱和集－賓館縞紵集	83	9	18	13,446
049	韓客贈答別集	222	9	19	37,962
예상 총 글자수					589,839
1차년도 예상 번역 매수 (200자원고지)					약 8,900매

2) 2차년도(2009. 7.~2010. 6.) : 1719년(9차 사행)에서 1748년(10차 사행)까지

연번	필담창화집 책 제목	면수	1면 당 행수	1행 당 글자 수	예상되는 원문 글자 수
050	客館璀璨集	50	9	18	8,100
051	蓬島遺珠	54	9	18	8,748
052	三林韓客唱和集	140	9	19	23,940
053	桑韓星槎餘響	47	9	18	7,614

054	桑韓星槎答響	106	9	18	17,172
055	桑韓唱酬集1권	43	9	20	7,740
056	桑韓唱酬集2권	38	9	20	6,840
057	桑韓唱酬集3권	46	9	20	8,280
058	桑韓唱和塤篪集1권	42	10	20	8,400
059	桑韓唱和塤篪集2권	62	10	20	12,400
060	桑韓唱和塤篪集3권	49	10	20	9,800
061	桑韓唱和塤篪集4권	42	10	20	8,400
062	桑韓唱和塤篪集5권	52	10	20	10,400
063	桑韓唱和塤篪集6권	83	10	20	16,600
064	桑韓唱和塤篪集7권	66	10	20	13,200
065	桑韓唱和塤篪集8권	52	10	20	10,400
066	桑韓唱和塤篪集9권	63	10	20	12,600
067	桑韓唱和塤篪集10권	56	10	20	11,200
068	桑韓唱和塤篪集11권	35	10	20	7,000
069	信陽山人韓館倡和稿	40	9	19	6,840
070	兩關唱和集1권	44	9	20	7,920
071	兩關唱和集2권	56	9	20	10,080
072	朝鮮人對詩集1권	160	8	19	24,320
073	朝鮮人對詩集2권	186	8	19	28,272
074	韓客唱和/浪華唱和合章	86	6	12	6,192
075	和韓唱和	100	9	20	18,000
076	來庭集	77	10	20	15,400
077	對麗筆語	34	10	20	6,800
078	鳴海驛唱和	96	7	18	12,096
079	蓬左賓館集	14	10	18	2,520
080	蓬左賓館唱和	10	10	18	1,800
081	桑韓醫問答	84	9	17	12,852
082	桑韓鏘鏗錄1권	40	10	20	8,000
083	桑韓鏘鏗錄2권	43	10	20	8,600
084	桑韓鏘鏗錄3권	36	10	20	7,200
085	桑韓萍梗錄	30	8	17	4,080
086	善隣風雅1권	80	10	20	16,000
087	善隣風雅2권	74	10	20	14,800
088	善隣風雅後篇1권	80	9	20	14,400

089	善隣風雅後篇2권	74	9	20	13,320
090	星軺餘轟	42	9	16	6,048
091	兩東筆語1권	70	9	20	12,600
092	兩東筆語2권	51	9	20	9,180
093	兩東筆語3권	49	9	20	8,820
094	延享五年韓人唱和集1권	10	10	18	1,800
095	延享五年韓人唱和集2권	10	10	18	1,800
096	延享五年韓人唱和集3권	22	10	18	3,960
097	延享韓使唱和	46	8	14	5,152
098	牛窓錄	22	10	21	4,620
099	林家韓館贈答1권	38	10	20	7,600
100	林家韓館贈答2권	32	10	20	6,400
101	長門戊辰問槎상권	50	10	20	10,000
102	長門戊辰問槎중권	51	10	20	10,200
103	長門戊辰問槎하권	20	10	20	4,000
104	丁卯酬和集	50	20	30	30,000
105	朝鮮筆談(元丈)	127	10	18	22,860
106	朝鮮筆談1권(河村春恒)	44	12	20	10,560
107	朝鮮筆談1권(河村春恒)	49	12	20	11,760
108	韓客對話贈答	44	10	16	7,040
109	韓客筆譚	91	8	18	13,104
110	韓人唱和詩	16	14	21	4,704
111	韓人唱和詩集1권	14	7	18	1,764
112	韓人唱和詩集1권	12	7	18	1,512
113	和韓文會	86	9	20	15,480
114	和韓唱和錄1권	68	9	20	12,240
115	和韓唱和錄2권	52	9	20	9,360
116	和韓唱和附錄	80	9	20	14,400
117	和韓筆談薰風編1권	78	9	20	14,040
118	和韓筆談薰風編2권	52	9	20	9,360
119	鴻臚傾蓋集	28	9	20	5,040
예상 총 글자수					723,730
2차년도 예상 번역 매수 (200자원고지)					약 10,850매

3) 3차년도(2010. 7.~ 2011. 6.) : 1763년(11차 사행)에서 1811년(12차 사행)까지

연번	필담창화집 책 제목	면수	1면당 행수	1행당 글자수	예상되는 원문 글자수
120	歌芝照乘	26	10	20	5,200
121	甲申槎客萍水集	210	9	18	34,020
122	甲申接槎錄	56	9	14	7,056
123	甲申韓人唱和歸國1권	72	8	20	11,520
124	甲申韓人唱和歸國2권	47	8	20	7,520
125	客館唱和	58	10	18	10,440
126	鷄壇嚶鳴 간본 부분	62	10	20	12,400
127	鷄壇嚶鳴 필사부분	82	8	16	10,496
128	奇事風聞	12	10	18	2,160
129	南宮先生講餘獨覽	50	9	20	9,000
130	東渡筆談	80	10	20	16,000
131	東槎餘談	104	10	21	21,840
132	東游篇	102	10	20	20,400
133	問槎餘響1권	60	9	20	10,800
134	問槎餘響2권	46	9	20	8,280
135	問佩集	54	9	20	9,720
136	賓館唱和集	42	7	13	3,822
137	三世唱和	23	15	17	5,865
138	桑韓筆語	78	11	22	18,876
139	松菴筆語	50	11	24	13,200
140	殊服同調集	62	10	20	12,400
141	怏怏餘響	136	8	22	23,936
142	兩東鬪語乾	59	10	20	11,800
143	兩東鬪語坤	121	10	20	24,200
144	兩好餘話상권	62	9	22	12,276
145	兩好餘話하권	50	9	22	9,900
146	倭韓醫談(刊本)	96	9	16	13,824
147	倭韓醫談(寫本)	63	12	20	15,120
148	栗齋探勝草1권	48	9	17	7,344
149	栗齋探勝草2권	50	9	17	7,650
150	長門癸甲問槎1권	66	11	22	15,972

151	長門癸甲問槎2권	62	11	22	15,004
152	長門癸甲問槎3권	80	11	22	19,360
153	長門癸甲問槎4권	54	11	22	13,068
154	萍遇錄	68	12	17	13,872
155	品川一燈	41	10	20	8,200
156	表海英華	54	10	20	10,800
157	河梁雅契	38	10	20	7,600
158	和韓醫談	60	10	20	12,000
159	韓客人相筆話	80	10	20	16,000
160	韓館應酬錄	45	10	20	9,000
161	韓館唱和1권	92	8	14	10,304
162	韓館唱和2권	78	8	14	8,736
163	韓館唱和3권	67	8	14	7,504
164	韓館唱和續集1권	180	8	14	20,160
165	韓館唱和續集2권	182	8	14	20,384
166	韓館唱和續集3권	110	8	14	12,320
167	韓館唱和別集	56	8	14	6,272
168	鴻臚摭華	112	10	12	13,440
169	鷄林情盟	63	10	20	12,600
170	對禮餘藻	90	10	20	18,000
171	對禮餘藻(明遠館叢書 57)	123	10	20	24,600
172	對禮餘藻(明遠館叢書 58)	132	10	20	26,400
173	三劉先生詩文	58	10	20	11,600
174	辛未和韓唱酬錄	80	13	19	19,760
175	接鮮瘖語(寫本)1	102	10	20	20,400
176	接鮮瘖語(寫本)2	110	11	21	25,410
177	精里筆談	17	10	20	3,400
178	中興五侯詠	42	9	20	7,560
예상 총 글자수					786,791
3차년도 예상 번역 매수 (200자원고지)					약 11,800매

1차년도에는 하우봉(전북대) 교수와 유경미(일본 나가사키국립대학) 교수를 공동연구원으로 하여 고운기, 구지현, 김형태, 허은주, 김용흠 박

사가 전임연구원으로 번역에 참여하였다. 3년 동안 기태완, 이지양, 진영미, 김유경, 김정신, 강지희 박사가 연구원으로 교체되어, 결국 35,000매나 되는 번역원고를 마무리하였다.

일본식 한문이 중국식 한문과 달라서 특히 인명이나 지명 번역이 힘들었는데, 번역문에서는 독자들이 읽기 쉽도록 한국식 한자음으로 표기하고, 첫 번째 각주에서만 일본식 한자음을 표기하였다. 원문을 표점 입력하는 방법은 고전번역원에서 채택한 방법을 권장했지만, 번역자마다 한문을 교육받고 번역해온 과정이 다르기 때문에 재량을 인정하였다. 원본 상태를 확인하려는 연구자를 위해 영인본을 뒤에 편집하였는데, 모두 국내외 소장처의 사용 승인을 받았다.

원문과 번역문을 합하여 200자원고지 5만 매 분량의 『조선후기 통신사 필담창화집 번역총서』를 12,000면의 이미지와 함께 편집하고 4차에 나누어 10책씩 출판하는 과정이 복잡하고 힘들었기에, 연세대학교 정갑영 총장에게 편집비 지원을 신청하였다. 『조선후기 통신사 필담창수집 번역본 30권 편집』 정책연구비(2012-1-0332)를 지원해주신 정갑영 총장에게 감사드린다.

『조선후기 통신사 필담창화집 번역총서』를 편집하는 과정에 문화재청으로부터 『통신사기록 조사 및 번역, 데이터베이스 구축』 연구용역을 발주받게 되어, 필담창화집을 비롯한 통신사 관련 기록을 세계기록유산으로 등재하는 작업에 참여하게 된 것도 기쁜 일이다. 통신사 관련 기록들이 모두 데이터베이스로 구축되어 국내외 학자들이 한일문화교류, 나아가서는 동아시아문화교류 연구에 손쉽게 참여하게 된다면 『통신사 필담창화집 번역총서』의 사명을 다하는 것이라고 생각한다.

조선후기 통신사가 동아시아 문화교류 연구에 중요한 이유는 임진왜란 이후에 중국(청나라)과 일본의 단절된 외교를 통신사가 간접적으로 이어주었기 때문이다. 통신사 필담창화집 번역총서 60권 출판이 마무리되면 조선후기에 한국(조선)과 중국(청나라) 지식인들이 주고받은 척독집 40여 권도 데이터베이스로 구축하여, 일본에서 조선을 거쳐 청나라로 이어지는 '동아시아 문화교류의 길' 데이터베이스를 국내외 학자들에게 제공하고자 한다.

▒ 기태완(奇泰完)
중앙대학교 문예창작과 졸업.
성균관대학교 국어국문학과 석사·박사 졸업. 문학박사.
홍익대학교 겸임교수와 연세대학교 연구교수 역임.
저서로는 『황매천시연구』, 『곤충이야기』, 『한위육조시선』, 『당시선』 上·下, 『천년의 향기-한시산책』, 『화정만필』, 『송시선』, 『요금원시선』, 『명시선』 등이 있고, 역서로는 『거오재집』, 『동시화』, 『정언묘선』, 『고종신축의궤』, 『호응린의 역대한시 비평-시수』, 『퇴계 매화시첩』, 『심양창화록』, 『집자묵장필유』 8책 등이 있다.

▒ 김형태(金亨泰)
연세대학교 국어국문학과, 연세대학교 대학원 국어국문학과 졸업. 문학박사
연세대학교 국학연구원 연구교수 역임
현재 경남대학교 문과대학 국어국문학과 조교수
저서로는 『대화체 가사의 유형과 역사적 전개』(소명출판, 2009), 『통신사 의학 관련 필담창화집 연구』(보고사, 2011) 등이 있다.

조선후기 통신사 필담창화집 번역총서 13
尾陽唱和錄·桑韓醫談

2014년 8월 28일 초판 1쇄 펴냄

역 자 기태완·김형태
발행인 김흥국
발행처 도서출판 보고사

등록 1990년 12월 13일 제6-0429호
주소 서울특별시 성북구 보문동7가 11번지 2층
전화 922-5120~1(편집), 922-2246(영업)
팩스 922-6990
메일 kanapub3@naver.com
http://www.bogosabooks.co.kr

ISBN 979-11-5516-288-0 94810
979-11-5516-055-8 (세트)

정가 21,000원

이 도서의 국립중앙도서관 출판예정도서목록(CIP)은 서지정보유통지원시스템 홈페이지(http://seoji.nl.go.kr)와 국가자료공동목록시스템(http://www.nl.go.kr/kolisnet)에서 이용하실 수 있습니다. (CIP제어번호 : CIP2014024647)